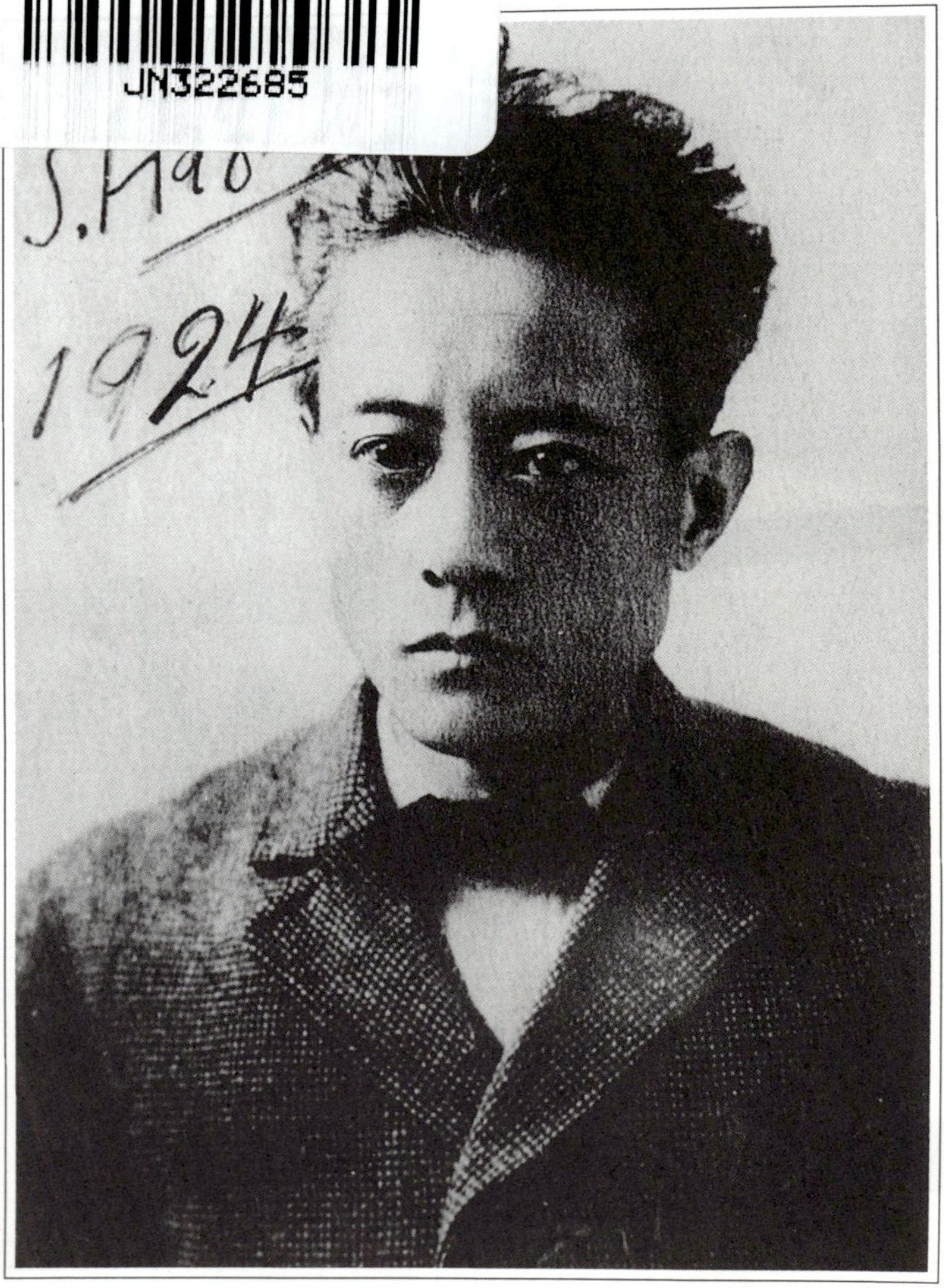

萩原《はぎわら》　朔太郎《さくたろう》　1924(大正 13)年

目次

初期詩篇《へん》——大正二年〜四年

空いろの花

かはたれどきの薄《うす》らあかりと
空いろの花のわれの想《おも》ひを
たれ一人知るひともありやなしや
廃園《はいえん》の石垣《いしがき》にもたれて
われればかりものを思へば
まだ春あさき草のあはひに
蛇《へび》いちごの実の赤く
かくばかり嘆《なげ》き光る哀《かな》しさ

一九一三、三

かはたれどき
薄暗く人の見分けがつきにくい（彼《か》は誰《たれ》）時分。夜明けの時間帯をさすことが多い。

なにか知らねど

なにか知らねど泣きたさに
われはゆくゆく汽車の窓
はるばると
きやべつ畑に日は光り
風見《かざみ》ぐるま
きりやきりりとめぐる日に
われはゆくゆく汽車の窓
なにか知らねど泣きたさに

きりやきりり　風車が風に吹《ふ》かれて回る音を七五調に乗せて表現して作品にリズムを与えている。

放蕩《ほうたう》の虫

放蕩の虫は玉虫
そつと来て心の底で泣く虫
夜としなればすずろにも
リキユールグラスの端《へり》を這《は》ふ虫
放蕩の虫はいとほしや

放蕩の虫は玉虫
青いこころでひんやりと
色街《いろまち》の薄《うす》らあかりに鳴く虫
三味線《さみせん》の撥《ばち》にきて光る虫
放蕩の虫はせんなや

放蕩
酒や女にふけって生活が乱れること。

玉虫
金緑色に金紫《むらさき》の線の入る五センチ大の甲《こう》虫。鳴かないが美しい羽は装飾《そうしょく》品として珍重《ちんちょう》される。ここでは繁華《はんか》街の光と後悔《こうかい》の感情の象徴《しょうちょう》として表現されている。

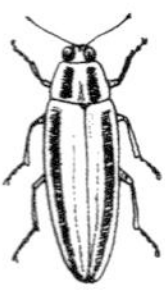

リキユールグラス
ワイングラスに似た、薄《うす》いガラ

鉄橋橋下

人のにくしといふことば
われの哀《かな》しといふことば
きのふ始めておぼえけり
この市《まち》の人なになれば
われを指さしあざけるか
生《うま》れしものはてんねんに
そのさびしさを守るのみ
母のいかりの烈《はげ》しき日
あやしくさけび哀しみて
鉄橋の下を歩むなり
夕日にそむきわれひとり

（滞郷哀語篇《へん》より）

スで作られた脚《あし》のあるグラス。リキュール酒用に作られた。

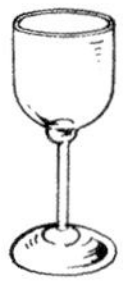

あやしく
普通《ふつう》ではないほど激しく。

小春

やはらかい、土壌《どじやう》の上に、
じつと私《わたし》が坐《すわ》つて居《ゐ》る、
涙《なみだ》ぐましい日だまりに、
白い羽虫《はむし》のちらちらもえ、
遠い春日のちらちらもえ。
麦よ芽を出せ。

土壌
　畑などの土。
羽虫
　羽のある小昆《こん》虫《ちゆう》で日だまりなどで群れて飛ぶ。
春日
　春を思わせる暖かい日ざし。

愛憐《あいれん》詩篇《へん》——大正二年・三年

夜汽車

有明《ありあけ》のうすらあかりは
硝子戸《がらすど》に指のあとつめたく
ほの白みゆく山の端《は》は
みづがねのごとくにしめやかなれども
まだ旅びとのねむりさめやらねば
つかれたる電灯のためいきばかりこちたしや。
あまたるきにすのにほひも
そこはかとなきはまきたばこの烟《けむり》さへ
夜汽車にてあれたる舌には佗《わび》しきを
いかばかり人妻は身にひきつめて嘆《なげ》くらむ。
まだ山科《やましな》は過ぎずや

有明
　月が残りながら夜がうっすら明けてくるころ。
山の端
　遠い山の空に接する輪郭《りんかく》部分。
みづがね
　水銀。本来はみずがねと表記。
しめやか（なり）
　静かでひっそりとした様子。
電灯のためいき
　微《かす》かな音を発しながら電灯が点灯する様子か。
こちたし
　うっとうしい。
にす
　当時の木造車両

空気まくらの口金《くちがね》をゆるめて
そつと息をぬいてみる女ごころ
ふと二人かなしさに身をすりよせ
しののめちかき汽車の窓より外をながむれば
ところもしらぬ山里に
さも白く咲《さ》きてゐたるをだまきの花。

こころ

こころをばなににたとへん
こころはあぢさゐの花
ももいろに咲《さ》く日はあれど
うすむらさきの思ひ出ばかりはせんなくて。

の内部に使われていた塗料《とりょう》。

いかばかり　どれほど。

人妻　他家に嫁《とつ》ぐも、朔太郎は思いを残していた佐藤（馬場）仲子が念頭にあったとされている。

身にひきつめて　身にしみて。

嘆くらむ　きっと嘆いているだろう、と推量する様子。この詩は「人妻」との想像上の逃《とう》避《ひ》行《こう》をうたった作品である。

こころはまた夕闇《ゆふやみ》の園生《そのふ》のふきあげ
音なき音のあゆむひびきに
こころはひとつによりて悲しめども
かなしめどもあるかひなしや
ああこのこころをばなににたとへん。

こころは二人の旅びと
されど道づれのたえて物言ふことなければ
わがこころはいつもかくさびしきなり。

旅上

ふらんすへ行きたしと思へども
ふらんすはあまりに遠し

山科
京都市内東部の地名。

そつと息をぬいて
旅行用枕《まくら》の空気を静かに抜《ぬ》く様子。

しののめ
あけがた。

をだまき
二〇センチほどの草。四・五月に、紫《むらさき》や白の花をつける。

あぢさゐ
六月ごろに咲《さ》く。日がたつにつれ

せめては新しき背広をきて
きままなる旅にいでてみん。
汽車が山道をゆくとき
みづいろの窓によりかかりて
われひとりうれしきことをおもはむ
五月の朝のしののめ
うら若草のもえいづる心まかせに。

金魚

金魚のうろこは赤けれども
その目のいろのさびしさ。
さくらの花はさきてほころべども
かくばかり

て、青から赤《あか》紫《むらさき》へ花の色を変化させる。
せんなくて　仕方がなくて。切なくて。
園生　庭園。
ふきあげ　噴水《ふんすい》。

しののめ　16ページ注参照。

なげきの淵《ふち》に身をなげすてたる我の悲しさ。

静物

静物のこころは怒《いか》り
そのうはべは哀《かな》しむ
この器物《うつは》の白き瞳《め》にうつる
窓ぎはのみどりはつめたし。

涙《なみだ》

ああはや心をもつぱらにし
われならぬ人をしたひし時は過ぎゆけり

静物　食器など室内で動かない器物のこと。

心をもつぱらにし　ひたすら心をかたむけて。

われならぬ人　自分以外の人。他人。

さはさりながらこの日また心悲しく
わが涙せきあへぬはいかなる恋《こひ》にかあるらむ
つゆばかり人を憂《う》しと思ふにあらねども
かくありてしきものの上に涙こぼれしをいかにすべき
ああげに今こそわが身を思ふなれ
涙は人のためならで
我のみをいとほしと思ふばかりに嘆《なげ》くなり。

蟻地獄《ありぢごく》

ありぢごくは蟻をとらへんとて
おとし穴の底にひそみかくれぬ
ありぢごくの貪婪《たんらん》の瞳《ひとみ》に
かげろふはちらりちらりと燃えてあさましや。

涙せきあへぬ　涙をとめられない。

げに　本当に。

いとほし　いじらしい。かわいそうだ。

蟻地獄　ウスバカゲロウの幼虫。乾《かわ》いた砂地にすり鉢《ばち》状の穴を掘《ほ》り蟻などを捕食《ほしょく》する。

貪婪　貪欲《どんよく》なこと。

ほろほろと砂のくづれ落つるひびきに
ありぢごくはおどろきて隠《かく》れ家《が》をはしりいづれば
なにかしらねどうす紅《あか》く長きものが走りて居《ゐ》たりき。
ありぢごくの黒い手脚《てあし》に
かんかんと日の照りつける夏の日のまつぴるま
あるかなきかの虫けらの落《おと》す涙《なみだ》は
草の葉のうへに光りて消えゆけり。
あとかたもなく消えゆけり。

利《と》根《ね》川《がは》のほとり

きのふまた身を投げんと思ひて
利根川のほとりをさまよひしが
水の流れはやくして

わがなげきせきとむるすべもなければ
おめおめと生きながらへて
今日もまた河原に来《きた》り石投げてあそびくらしつ。
きのふけふ
ある甲斐《かひ》もなきわが身をばかくばかりいとしと思ふうれしさ
たれかは殺すとするものぞ
抱《だ》きしめて抱きしめてこそ泣くべかりけれ。

地上

地上にありて
愛するものの伸長《しんちやう》する日なり。
かの深空にあるも
しづかに解けてなごみ

燐光《りんくわう》は樹上《じゆじやう》にかすかなり。
いま遥《はる》かなる傾斜《けいしや》にもたれ
愛物どもの上にしも
わが輝《かが》やく手を伸《の》べなんとす
うち見れば低き地上につらなり
はてしなく耕地ぞひるがへる。
そこはかと愛するものは伸長し
ばんぶつは一所《いつしよ》にあつまりて
わが指さすところを凝視《ぎようし》せり。
あはれかかる日のありさまをも
太陽は高き真空にありておだやかに観望す。

燐光
　青白い光。
愛物
　愛し好むもの。
　また、生き物。

花鳥《はなとり》

花鳥の日はきたり
日はめぐりゆき
都に木の芽ついばめり。
わが心のみ光りいで
しづかに水脈《みを》をかきわけて
いまぞ岸辺に魚を釣《つ》る。
川浪《かわなみ》にふかく手をひたし
そのうるほひをもてしたしめば
かくもやさしくいだかれて
少女子どもはあるものか。
ああうらうらともえいでて
都にわれのかしまだつ
遠見《とほみ》にうかぶ花鳥のけしきさへ。

花鳥
花に宿る鳥。

水脈
海などを航行する時の水路。

かしまだつ
旅に出る。

月に吠《ほ》える——大正六年一月

地面の底の病気の顔

地面の底に顔があらはれ、
さみしい病人の顔があらはれ。

地面の底のくらやみに、
うらうら草の茎《くき》が萌《も》えそめ、
鼠《ねずみ》の巣が萌えそめ、
巣にこんがらかつてゐる、
かずしれぬ髪《かみ》の毛がふるへ出し、
冬至《とうじ》のころの、
さびしい病気の地面から、
ほそい青竹の根が生えそめ、

うらうら　草の茎や根が伸《の》びる様子を表現した。

生えそめ、
それがじつにあはれふかくみえ、
けぶれるごとくに視《み》え、
じつに、じつに、あはれふかげに視え。

地面の底のくらやみに、
さみしい病人の顔があらはれ。

竹

光る地面に竹が生え、
青竹が生え、
地下には竹の根が生え、
根がしだいにほそらみ、

根の先より繊毛《わたげ》が生え、
かすかにけぶる繊毛が生え、
かすかにふるへ。

かたき地面に竹が生え、
地上にするどく竹が生え、
まつしぐらに竹が生え、
凍《こほ》れる節節《ふしぶし》りんりんと、
青空のもとに竹が生え、
竹、竹、竹が生え。

みよすべての罪はしるされたり、
されどすべては我にあらざりき、
まことにわれに現はれしは、
かげなき青き炎《ほのほ》の幻影《げんえい》のみ、

すべての罪はしるされたり　すべての罪は明らかになった、という意味。背後には朔太郎のキリスト教解釈が横たわっている。

雲の上に消えさる哀傷《あいしやう》の幽霊《ゆうれい》のみ、
ああかかる日のせつなる懺悔《ざんげ》をも何かせむ、
すべては青きほのほの幻影のみ。

亀《かめ》

林あり、
沼《ぬま》あり、
蒼天《さうてん》あり、
ひとの手にはおもみを感じ、
しづかに純金の亀ねむる、
この光る、
寂《さび》しき自然のいたみにたへ、

ひとの心霊《こころ》にまさぐりしづむ、
亀は蒼天のふかみにしづむ。

笛

あふげば高き松が枝《え》に琴《こと》かけ鳴らす、
をゆびに紅をさしぐみて、
ふくめる琴をかきならす、
ああ　かき鳴らすひとづま琴の音にもつれぶき、
いみじき笛は天にあり。
けふの霜夜《しもよ》の空に冴《さ》え冴《ざ》え、
松の梢《こずゑ》を光らして、
かなしむものの一念に、
懺悔《ざんげ》の姿をあらはしぬ。

蒼天のふかみ　天空の奥《おく》深いところ。

をゆび　指。

いみじき笛は天にあり。

天上縊死《いし》

遠夜《とほよ》に光る松の葉に、
懺悔《ざんげ》の涙《なみだ》したたりて、
遠夜の空にしも白き、
天上の松に首をかけ。
天上の松を恋《こ》ふるより、
祈《いの》れるさまに吊《つる》されぬ。

縊死
自分で首をつって死ぬこと。

懺悔
過去に犯した罪を後悔《こうかい》して人に打ちあけること。キリスト教では、罪のゆるしを求める行為《こうい》をさす。

感傷の手

わが性のせんちめんたる、
あまたある手をかなしむ、
手はつねに頭上にをどり、
また胸にひかりさびしみしが、
しだいに夏おとろへ、
かへれば燕《つばめ》はや巣を立ち、
おほ麦はつめたくひやさる。
ああ、都をわすれ、
われすでに胡弓《こきゆう》を弾《ひ》かず、
手ははがねとなり、
いんさんとして土地を掘《ほ》る、

せんちめんたる
感受性が強い様子。または感情そのもの。センチメンタルに同じ。

胡弓
中国の弦《げん》楽器。哀愁《あいしゅう》を帯びた音色がする。朔太郎はしばしば失恋の象徴《しょうちょう》としてこの語を使う。

はがね
鋼鉄。

いぢらしき感傷の手は土地を掘る。

殺人事件

とほい空でぴすとるが鳴る。
またぴすとるが鳴る。
ああ私の探偵《たんてい》は玻璃《はり》の衣装《いしやう》をきて、
こひびとの窓からしのびこむ、
床《ゆか》は晶玉《しやうぎよく》、
ゆびとゆびとのあひだから、
まつさをの血がながれてゐる、
かなしい女の屍体《したい》のうへで、
つめたいきりぎりすが鳴いてゐる。

玻璃
　水晶。転じてガラスの別称《べっしょう》。
晶玉
　水晶玉。
まつさを（の血）
　「玻璃」「水晶」「大理石」などと同じく、透明で幻想的な世界を表現している。

しもつき上旬《はじめ》のある朝、
探偵は玻璃の衣装をきて、
街《まち》の十字巷路《よつつじ》を曲《まが》つた。
十字巷路に秋のふんすゐ。
はやひとり探偵はうれひをかんず。

みよ、遠いさびしい大理石の歩道を、
曲者《くせもの》はいつさんにすべつてゆく。

天景

しづかにきしれ四輪馬車、
ほのかに海はあかるみて、
麦は遠きにながれたり、

しもつき
　旧暦の十一月をさす。
十字巷路
　十字路。

いつさんに
　一目散に逃《に》げる様子。

四輪馬車
　四つの車輪からなる西洋風の馬車。読みは「しりん」「よりん」の両説ある。

しづかにきしれ四輪馬車。
光る魚鳥の天景を、
また窓青き建築を、
しづかにきしれ四輪馬車。

かなしい遠景

かなしい薄暮《はくぼ》になれば、
労働者にて東京市中が満員なり、
それらの憔悴《せうすい》した帽子《ぼうし》のかげが、
市街《まち》中いちめんにひろがり、
あつちの市区でも、こつちの市区でも、
堅《かた》い地面を掘《ほ》つくりかへす、
掘り出して見るならば、

東京市
　作品発表当時の
　東京都の名称《めいしょう》。
憔悴
　やつれること。
市区
　町の区画。

煤《すす》ぐろい嗅煙草《かぎたばこ》の銀紙だ。
重さ五匁《もんめ》ほどもある、
にほひ菫《すみれ》のひからびきつた根つ株だ。
それも本所深川《ほんじよふかがは》あたりの遠方からはじめ、
おひおひ市中いつたいにおよぼしてくる。
なやましい薄暮のかげで、
しなびきつた心臓がしやべるを光らしてゐる。

悲しい月夜

ぬすつと犬めが、
くさつた波止場の月に吠《ほ》えてゐる。
たましひが耳をすますと、
陰気《いんき》くさい声をして、

嗅煙草
鼻孔《びこう》にすりつけて香気《こうき》を味わう粉タバコ。

匁
重さの単位。一匁は約三・七五グラム。

にほひ菫
スミレの一種。強い芳香《ほうこう》を持つ花で、別称《べっしょう》バイオレット。

本所深川
東京の東部隅田《すみだ》川沿いの下町。

なやましい
ここでは、憂鬱《ゆううつ》な、というくらいの意味。

ぬすつと犬

黄いろい娘《むすめ》たちが合唱してゐる、
合唱してゐる、
波止場のくらい石垣《いしがき》で。

いつも、
なぜおれはこれなんだ、
犬よ、
青白いふしあはせの犬よ。

死

みつめる土地《つち》の底から、
奇妙《きめう》きてれつの手がでる、
足がでる、

食物などをぬすんでいくいやしい犬。
波止場　埠頭《ふとう》。港。

奇妙きてれつ　非常に奇妙なさま。

くびがでしやばる、
諸君、
こいつはいつたい、
なんといふ鵞鳥《がてう》だい。
みつめる土地の底から、
馬鹿《ばか》づらをして、
手がでる、
足がでる、
くびがでしやばる。

危険な散歩

春になつて、
おれは新らしい靴《くつ》のうらにごむをつけた、

鵞鳥
鴨《かも》に似た家禽《かきん》。
灰褐色《はいかっしょく》と白色の
ものがいる。

どんな粗製《そせい》の歩道をあるいても、
あのいやらしい音がしないやうに、
それにおれはどつさり壊《こは》れものをかかへこんでる、
それがなによりけんのんだ。
さあ、そろそろ歩きはじめた、
みんなそつとしてくれ、
そつとしてくれ、
おれは心配で心配でたまらない、
たとへどんなことがあつても、
おれの歪《ゆが》んだ足つきだけは見ないでおくれ。
おれはぜつたいぜつめいだ、
おれは病気の風船のりみたいに、
いつも憔悴《せうすい》した方角で、
ふらふらふらふらあるいてゐるのだ。

けんのん　あぶなっかしい様子。

風船のり　気球に乗る人。

内部に居る人が畸形《きけい》な病人に見える理由

わたしは窓かけのれいすのかげに立つて居《を》ります、
それがわたくしの顔をうすぼんやりと見せる理由です。
わたしは手に遠めがねをもつて居ります、
それでわたくしは、ずつと遠いところを見て居ります、
につける製の犬だの羊だの、
あたまのはげた子供たちの歩いてゐる林をみて居ります、
それらがわたくしの瞳《め》を、いくらかかすんでみせる理由です。
わたしはけさきやべつの皿を喰《た》べすぎました、
そのうへこの窓硝子《がらす》は非常に粗製《そせい》です、
それがわたくしの顔をこんなに甚《はなは》だしく歪《ゆが》んで見せる理由です。
じつさいのところを言へば、

畸形
通常と異なった珍《めずら》しい形。

遠めがね
望遠鏡。

につける
メッキや合金に使用。

わたくしは健康すぎるぐらゐなものです、
それだのに、なんだつて君は、そこで私をみつめてゐる。
なんだつてそんなに薄《うす》気味わるく笑つてゐる。
おお、もちろん、わたくしの腰《こし》から下ならば、
そのへんがはつきりしないといふのならば、
いくらか馬鹿《ばか》げた疑問であるが、
もちろん、つまり、この青白い窓の壁《かべ》にそうて、
家の内部に立つてゐるわけです。

ばくてりやの世界

ばくてりやの足、
ばくてりやの口、
ばくてりやの耳、

ばくてりや
バクテリアに同じ。細菌《さいきん》またはアメーバなど原生動物の総称《そうしょう》。

ばくてりやの鼻、
ばくてりやがおよいでゐる。

あるものは人物の胎内《たいない》に、
あるものは貝るゐの内臓《ないざう》に、
あるものは玉葱《たまねぎ》の球心に、
あるものは風景の中心に。

ばくてりやがおよいでゐる。

ばくてりやの手は左右十文字に生え、
手のつまさきが根のやうにわかれ、
そこからするどい爪《つめ》が生え、
毛細血管の類はべたいちめんにひろがつてゐる。

べたいちめんに
表面全体に。

ばくてりやがおよいでゐる。

ばくてりやが生活するところには、
病人の皮膚《ひふ》をすかすやうに、
べにいろの光線がうすくさしこんで、
その部分だけほんのりとしてみえ、
じつに、じつに、かなしみたへがたく見える。
ばくてりやがおよいでゐる。

猫《ねこ》

まつくろけの猫が二疋《ひき》、
なやましいよるの家根《やね》のうへで、
ぴんとたてた尻尾《しつぽ》のさきから、
糸のやうなみかづきがかすんでゐる。
『おわあ、こんばんは』
『おわあ、こんばんは』
『おぎやあ、おぎやあ、おぎやあ』
『おわああ、ここの家の主人は病気です』

まつくろけ
黒のコミカルな表現。当時の流行歌「まっくろけ節」によったか。

家根
屋根の意味で朔太郎は用いている。

愛憐《あいれん》

きつと可愛《かはい》いかたい歯で、
草のみどりをかみしめる女よ、
女よ、
このうす青い草のいんきで、
まんべんなくお前の顔をいろどつて、
おまへの情慾《じやうよく》をたかぶらしめ、
しげる草むらでこつそりあそばう、
みたまへ、
ここにはつりがね草がくびをふり、
あそこではりんだうの手がしなしなと動いてゐる、
ああわたしはしつかりとお前の乳房《ちぶさ》を抱《だ》きしめる、

きつと
歯噛《はが》みした状態の擬態《ぎたい》語。

いんき
万年筆などのインクに同じ。

つりがね草
鐘状《しょうじょう》の花をつける草の総称《そうしょう》。一般的にはホタルブクロをさす。

りんだう
初秋に紫《むらさき》色の花をつけるリンドウ科の多年草。

お前はお前で力いつぱいに私のからだを押《おさ》へつける、
さうしてこの人気《ひとけ》のない野原の中で、
わたしたちは蛇《へび》のやうなあそびをしよう、
ああ私は私できりきりとお前を可愛がつてやり、
おまへの美しい皮膚《ひふ》の上に、青い草の葉の汁《しる》をぬりつけてやる。

恋《こひ》を恋する人

わたしはくちびるにべにをぬつて、
あたらしい白樺《しらかば》の幹に接吻《せつぷん》した、
よしんば私が美男であらうとも、
わたしの胸にはごむまりのやうな乳房《ちぶさ》がない、
わたしの皮膚《ひふ》からはきめのこまかい粉おしろいのにほひがしない、
わたしはしなびきつた薄命《はくめい》男だ、

べに　口紅に同じ。
接吻　キスの和語。
よしんば〜とも　仮に〜でも。
薄命　不幸せな。

ああ、なんといふいぢらしい男だ、
けふのかぐはしい初夏の野原で、
きらきらする木立の中で、
手には空色の手ぶくろをすつぽりとはめてみた、
腰《こし》にはこるせつとのやうなものをはめてみた、
襟《えり》には襟おしろいのやうなものをぬりつけた、
かうしてひつそりとしなをつくりながら、
わたしは娘《むすめ》たちのするやうに、
こころもちくびをかしげて、
あたらしい白樺の幹に接吻した、
くちびるにばらいろのべにをぬつて、
まつしろの高い樹木にすがりついた。

こるせつと　婦人の腰《こし》から胸を引き締《し》めて体型を整えるサポーター。

しなをつくりながら　女性のようななまめかしい動作をしながら。

五月の貴公子

若草の上をあるいてゐるとき、
わたしの靴《くつ》は白い足あとをのこしてゆく、
ほそいすてつきの銀が草でみがかれ、
まるめてぬいだ手ぶくろが宙でをどつて居《ゐ》る、
ああすつぱりといつさいの憂愁《いうしう》をなげだして、
わたしは柔和《にうわ》の羊になりたい、
しつとりとした貴女《あなた》のくびに手をかけて、
あたらしいあやめおしろいのにほひをかいで居たい、
若くさの上をあるいてゐるとき、
わたしは五月の貴公子である。

あやめおしろい
朔太郎の造語。
よい匂《にお》いの白粉
といった意味。

さびしい人格

さびしい人格が私の友を呼ぶ、
わが見知らぬ友よ、早くきたれ、
ここの古い椅子《いす》に腰《こし》をかけて、二人でしづかに話してゐよう、
なにも悲しむことなく、きみと私でしづかな幸福な日をくらさう、
遠い公園のしづかな噴水《ふんすい》の音をきいて居《ゐ》よう、
しづかに、しづかに、二人でかうして抱《だ》き合つて居よう、
母にも父にも兄弟にも遠くはなれて、
母にも父にも知らない孤児《こじ》の心をむすび合はさう、
ありとあらゆる人間の生活《らいふ》の中で、
おまへと私だけの生活について話し合はう、
まづしいたよりない、二人だけの秘密の生活について、

ああ、その言葉は秋の落葉のやうに、そうそうとして膝《ひざ》の上にも散つてくる
ではないか。

わたしの胸は、かよわい病気したをさな児《ご》の胸のやうだ。
わたしの心は恐《おそ》れにふるへる、せつない、せつない、熱情のうるみに燃える
やうだ。

ああいつかも、私は高い山の上へ登つて行つた、
けはしい坂路《さかみち》をあふぎながら、虫けらのやうにあこがれて登つて行つた、
山の絶頂に立つたとき、虫けらはさびしい涙《なみだ》をながした。
あふげば、ぼうぼうたる草むらの山頂で、おほきな白つぽい雲がながれてゐ
た。

自然はどこでも私を苦しくする、
そして人情は私を陰鬱《いんうつ》にする、

むしろ私はにぎやかな都会の公園を歩きつかれて、
とある寂《さび》しい木蔭《こかげ》に椅子をみつけるのが好きだ、
ぼんやりした心で空を見てゐるのが好きだ、
ああ、都会の空をとほく悲しくながれてゆく煤煙《ばいえん》、
またその建築の屋根をこえて、はるかに小さくつばめの飛んで行く姿を見るのが好きだ。

よにもさびしい私の人格が、
おほきな声で見知らぬ友をよんで居《ゐ》る、
わたしの卑屈《ひくつ》な不思議な人格が、
鴉《からす》のやうなみすぼらしい様子をして、
人気《ひとけ》のない冬枯《が》れの椅子の片隅《かたすみ》にふるへて居る。

煤煙　すすの混じった黒い煙《けむり》。

見しらぬ犬

この見もしらぬ犬が私のあとをついてくる、
みすぼらしい、後足でびつこをひいてゐる不具《かたは》の犬のかげだ。
ああ、わたしはどこへ行くのか知らない、
わたしのゆく道路の方角では、
長屋の家根《やね》がべらべらと風にふかれてゐる、
道ばたの陰気《いんき》な空地では、
ひからびた草の葉つぱがしなしなとほそくうごいて居《ゐ》る。

ああ、わたしはどこへ行くのか知らない、
おほきな、いきものやうな月が、ぼんやりと行手に浮《うか》んでゐる、
さうして背後《うしろ》のさびしい往来では、

犬のほそながい尻尾《しつぽ》の先が地べたの上をひきずつて居る。

ああ、どこまでも、どこまでも、
この見もしらぬ犬が私のあとをついてくる、
きたならしい地べたを這《は》ひまはつて、
わたしの背後《うしろ》で後足をひきずつてゐる病気の犬だ、
とほく、ながく、かなしげにおびえながら、
さびしい空の月に向《むか》つて遠白く吠《ほ》えるふしあはせの犬のかげだ。

青樹の梢《こずゑ》をあふぎて

まづしい、さみしい町の裏通りで、
青樹がほそほそと生えてゐた。

わたしは愛をもとめてゐる、
わたしを愛する心のまづしい乙女《をとめ》を求めてゐる、
そのひとの手は青い梢の上でふるへてゐる、
わたしの愛を求めるために、いつも高いところで、やさしい感情にふるへて
ゐる。

わたしは遠い遠い街道で乞食《こじき》をした、
みじめにも飢《う》ゑた心が腐《くさ》つた葱《ねぎ》や肉のにほひを嗅《か》いで涙《なみだ》をながした、
うらぶれはてた乞食の心でいつも町の裏通りを歩きまはつた。

愛をもとめる心は、かなしい孤独《こどく》の長い長いつかれの後にきたる、
それはなつかしい、おほきな海のやうな感情である。

道ばたのやせ地に生えた青樹の梢で、
ちつぽけな葉つぱがひらひらと風にひるがへつてゐた。

心のまづしい乙女　まだ愛を知らない心の荒《すさ》んだ少女、の意味。朔太郎が当時読んでいたドストエフスキーの『虐《しいた》げられし人々』の影響《えいきょう》が考えられる。

蛙《かへる》よ

蛙よ、
青いすすきやよしの生えてる中で、
蛙は白くふくらんでゐるやうだ、
雨のいつぱいにふる夕景に、
ぎよ、ぎよ、ぎよ、ぎよ、と鳴く蛙。

まつくらの地面をたたきつける、
今夜は雨や風のはげしい晩だ、
つめたい草の葉つぱの上でも、
ほつと息をすひこむ蛙、
ぎよ、ぎよ、ぎよ、ぎよ、と鳴く蛙。

よし　葦《あし》に同じ。

蛙よ、
わたしの心はお前から遠くはなれて居《ゐ》ない、
わたしは手に燈灯《あかし》をもつて、
くらい庭の面《おもて》を眺《なが》めて居た、
雨にしをるる草木の葉を、つかれた心もちで眺めて居た。

山に登る

旅よりある女に贈《おく》る

山の頂上にきれいな草むらがある、
その上でわたしたちは寝《ね》ころんで居《ゐ》た。
眼《め》をあげてとほい麓《ふもと》の方を眺《なが》めると、
いちめんにひろびろとした海の景色のやうにおもはれた。

空にはながれてゐる、
おれは小石をひろつて口にあてながら、
どこといふあてもなしに、
ぼうぼうとした山の頂上をあるいてゐた、
おれはいまでも、お前のことを思つてゐるのである。

孤独《こどく》

田舎《ゐなか》の白つぽい道ばたで、
つかれた馬のこころが、
ひからびた日向《ひなた》の草をみつめてゐる、
ななめに、しのしのとほそくもえる、
ふるへるさびしい草をみつめる。

田舎のさびしい日向に立つて、
おまへはなにを視《み》てゐるのか、
ふるへる、わたしの孤独のたましひよ。

このほこりつぽい風景の顔に、
うすく涙《なみだ》がながれてゐる。

田舎《ゐなか》を恐《おそ》る

わたしは田舎をおそれる、
田舎の人気《ひとけ》のない水田の中にふるへて、
ほそながくのびる苗《なへ》の列をおそれる。
くらい家屋の中に住むまづしい人間のむれをおそれる。

田舎のあぜみちに坐《すわ》つてゐると、
おほなみのやうな土壌《どじやう》の重みが、わたしの心をくらくする、
土壌のくさつたにほひが私の皮膚《ひふ》をくろずませる、
冬枯《が》れのさびしい自然が私の生活をくるしくする。

田舎の空気は陰鬱《いんうつ》で重くるしい、
田舎の手触《てざは》りはざらざらして気もちがわるい、
わたしはときどき田舎を思ふと、
きめのあらい動物の皮膚のにほひに悩《なや》まされる。
わたしは田舎をおそれる、
田舎は熱病の青じろい夢である。

酒場にあつまる

——春のうた——

酒をのんでゐるのはたのしいことだ、
すべての善良な心をもつひとびとのために、
酒場の卓はみがかれてゐる、
酒場の女たちの愛らしく見えることは、
どんなに君たちの心を正直にし、
君たちの良心をはつきりさせるか、
すでにさくらの咲《さ》くころとなり、
わがよき心の友等は、多く街頭の酒場にあつまる。

酒場にあつまる
　この作品は『月に吠《ほ》える』に収録されていないが、同じころに発表された。

青猫《あをねこ》——大正十二年一月

薄暮《はくぼ》の部屋

つかれた心臓は夜をよく眠《ねむ》る
私はよく眠る
ふらんねるをきたさびしい心臓の所有者だ
なにものか　そこをしづかに動いてゐる夢の中なるちのみ児《ご》
寒さにかじかまる蠅《はへ》のなきごゑ
ぶむ　ぶむ　ぶむ　ぶむ　ぶむ　ぶむ。
私はかなしむ　この白つぽけた室内の光線を
私はさびしむ　この力のない生命の韻動《ゐんどう》を。
恋《こひ》びとよ

ふらんねる
フランネルに同じ。紡毛糸《ぼうもうし》で粗《あら》く織った柔《やわ》らかい起毛織物。
かじかまる
寒さで固くなるようす。

お前はそこに坐《すわ》つてゐる　私の寝台《しんだい》のまくらべに
恋びとよ　お前はそこに坐つてゐる。
お前のほつそりした頸《くび》すぢ
お前のながくのばした髪《かみ》の毛
ねえ　やさしい恋びとよ
私のみじめな運命をさすつておくれ
私はかなしむ
私は眺《なが》める
そこに苦しげなるひとつの感情
病《や》みてひろがる風景の憂鬱《いううつ》を
ああ　さめざめたる部屋の隅《すみ》から　つかれて床《ゆか》をさまよふ蠅の幽霊《いうれい》
ぶむ　ぶむ　ぶむ　ぶむ　ぶむ　ぶむ。

恋びとよ
私の部屋のまくらべに坐るをとめよ

お前はそこになにを見るのか
わたしについてなにを見るのか
この私のやつれたからだ　思想の過去に残した影《かげ》を見てゐるのか
恋びとよ
すえた菊《きく》のにほひを嗅《か》ぐやうに
私は嗅ぐ　お前のあやしい情熱を　その青ざめた信仰《しんかう》を
よし二人からだをひとつにし
このあたたかみあるものの上にしも　お前の白い手をあてて　手をあてて。

恋びとよ
この閑寂《かんじやく》な室内の光線はうす紅《あか》く
そこにもまた力のない蠅のうたごゑ
ぶむ　ぶむ　ぶむ　ぶむ　ぶむ　ぶむ。
恋びとよ
わたしのいぢらしい心臓は　お前の手や胸にかじかまる子供のやうだ

恋びとよ
恋びとよ。

群集の中を求めて歩く

私はいつも都会をもとめる
都会のにぎやかな群集の中に居《ゐ》ることをもとめる
群集はおほきな感情をもつた浪《なみ》のやうなものだ
どこへでも流れてゆくひとつのさかんな意志と愛欲とのぐるうぷだ
ああ　ものがなしき春のたそがれどき
都会の入り混《こ》みたる建築と建築との日影《ひかげ》をもとめ
おほきな群集の中にもまれてゆくのはどんなに楽しいことか
みよこの群集のながれてゆくありさまを
ひとつの浪はひとつの浪の上にかさなり

浪はかずかぎりなき日影をつくり　日影はゆるぎつつひろがりすすむ
人のひとりひとりにもつ憂《うれ》ひと悲しみと　みなそこの日影に消えてあとかたもない
ああ　なんといふやすらかな心で　私はこの道をも歩いて行くことか
ああ　このおほいなる愛と無心のたのしき日影
たのしき浪のあなたにつれられて行く心もちは涙《なみだ》ぐましくなるやうだ。
うらがなしい春の日のたそがれどき
このひとびとの群《むれ》は　建築と建築との軒《のき》をおよいで
どこへどうしてながれ行かうとするのか
私のかなしい憂鬱《いううつ》をつつんでゐる　ひとつのおほきな地上の日影
ただよふ無心の浪のながれ
ああ　どこまでも　どこまでも　この群集の浪の中をもまれて行きたい
浪の行方《ゆくへ》は地平にけむる
ひとつの　ただひとつの「方角」ばかりさしてながれ行かうよ。

青猫《あをねこ》

この美しい都会を愛するのはよいことだ
この美しい都会の建築を愛するのはよいことだ
すべてのやさしい女性をもとめるために
すべての高貴な生活をもとめるために
この都にきて賑《にぎ》やかな街路を通るのはよいことだ
街路にそうて立つ桜の並木
そこにも無数の雀《すずめ》がさへづつてゐるではないか。

ああ　このおほきな都会の夜にねむれるものは
ただ一疋《ぴき》の青い猫のかげだ
かなしい人類の歴史を語る猫のかげだ

われの求めてやまざる幸福の青い影《かげ》だ。
いかならん影をもとめて
みぞれふる日にもわれは東京を恋《こひ》しと思ひしに
そこの裏町の壁《かべ》にさむくもたれてゐる
このひとのごとき乞食《こじき》はなにの夢を夢みて居《ゐ》るのか。

恐《おそ》ろしく憂鬱《いううつ》なる

こんもりとした森の木立《こだち》のなかで
いちめんに白い蝶類《てふ》が飛んでゐる
むらがる　むらがりて飛びめぐる
てふ　てふ　てふ　てふ　てふ　てふ　てふ
みどりの葉のあつぼつたい隙間《すきま》から
ぴか　ぴか　ぴか　ぴかと光る　そのちひさな鋭《する》どい翼《つばさ》

いつぱいに群がつてとびめぐる　てふ　てふ　てふ　てふ　てふ　てふ　て
　ふ　てふ　てふ　てふ　てふ　てふ
ああ　これはなんといふ憂鬱な幻《まぼろし》だ
このおもたい手足　おもたい心臓
かぎりなくなやましい物質と物質との重なり
ああ　これはなんといふ美しい病気だらう
つかれはてたる神経のなまめかしいたそがれどきに
私はみる　ここに女たちの投げ出したおもたい手足を
つかれはてた股《もも》や乳房《ちぶさ》のなまめかしい重たさを
その鮮血《せんけつ》のやうなくちびるはここにかしこに
私の青ざめた屍体《したい》のくちびるに
額に　髪《かみ》に　髪の毛に　股に　胯《また》に　腋《わき》の下に　足くびに　足のうらに
みぎの腕《うで》にも　ひだりの腕にも　腹のうへにも押《お》しあひて息ぐるしく重なり
　あふ
むらがりむらがる　物質と物質との淫猥《いんわい》なるかたまり

ここにかしこに追ひみだれたる蝶のまつくろの集団
ああこの恐ろしい地上の陰影《いんえい》
このなまめかしいまぼろしの森の中に
しだいにひろがつてゆく憂鬱の日かげをみつめる
その私の心はばたばたと羽ばたきして
小鳥の死ぬるときの醜《みにく》いすがたのやうだ
ああこのたへがたく悩《なや》ましい性の感覚
あまりに恐《おそ》ろしく憂鬱なる。

註。「てふ」「てふ」はチヨーチヨーと読むべからず。蝶の原音は「て・ふ」である。蝶の翼《つばさ》の空気をうつ感覚を音韻《おんゐん》に写したものである。

黒い風琴

おるがんをお弾《ひ》きなさい　女のひとよ
あなたは黒い着物をきて
おるがんの前に坐《すわ》りなさい
あなたの指はおるがんを這《は》ふのです
かるく　やさしく　しめやかに　雪のふつてゐる音のやうに
おるがんをお弾きなさい　女のひとよ。

だれがそこで唱《うた》つてゐるの
だれがそこでしんみりと聴《き》いてゐるの
ああこのまつ黒な憂鬱《いううつ》の闇《やみ》のなかで
べつたりと壁《かべ》にすひついて

風琴　オルガンの和名。
しめやかに　ひっそりとさびしげに。

おそろしい巨大の風琴を弾くのはだれですか
宗教のはげしい感情　そのふるへ
けいれんするぱいぷおるがん　れくれえむ！
お祈《いの》りなさい　病気のひとよ
おそろしいことはない　おそろしい時間はないのです
お弾きなさい　おるがんを
やさしく　とうえんに　しめやかに
大雪のふりつむときの松葉のやうに
あかるい光彩《くわうさい》をなげかけてお弾きなさい
お弾きなさい　おるがんを
おるがんをお弾きなさい　女のひとよ。

ああ　まつくろのながい着物をきて
しぜんに感情のしづまるまで
あなたはおほきな黒い風琴をお弾きなさい

おそろしい暗闇《くらやみ》の壁《かべ》の中で
あなたは熱心に身をなげかける
あなた！
ああ　なんといふはげしく陰鬱なる感情のけいれんよ。

仏の見たる幻想《げんさう》の世界

花やかな月夜である
しんめんたる常盤木《ときはぎ》の重なりあふところで
ひきさりまたよせかへす美しい浪《なみ》をみるところで
かのなつかしい宗教の道はひらかれ
かのあやしげなる聖者の夢はむすばれる。
げにそのひとの心をながれるひとつの愛憐《あいれん》
そのひとの瞳孔《ひとみ》にうつる不死の幻想

常盤木　年中その葉が緑色をしている樹木。

あかるくてらされ
またさびしく消えさりゆく夢想の幸福とその怪《あや》しげなるかげかたち
ああ　そのひとについて思ふことは
そのひとの見たる幻想の国をかんずることは
どんなにさびしい生活の日暮れを色づくことぞ
いま疲《つか》れてながく孤独《こどく》の椅子《いす》に眠《ねむ》るとき
わたしの家の窓にも月かげさし
月は花やかに空にのぼつてゐる。

仏よ
わたしは愛する　おんみの見たる幻想の蓮《はちす》の花弁を
青ざめたるいのちに咲《さ》ける病熱の花の香気《かうき》を
仏よ
あまりに花やかにして孤独なる。

おんみ
「あなた」を表す敬称。「御身」と書く。

鶏《にはとり》

しののめきたるまへ
家家の戸の外で鳴いてゐるのは鶏です
声をばながくふるはして
さむしい田舎《ゐなか》の自然からよびあげる母の声です
とをてくう、とをるもう、とをるもう。

朝のつめたい臥床《ふしど》の中で
私のたましひは羽ばたきをする
この雨戸の隙間《すきま》からみれば
よもの景色はあかるくかがやいてゐるやうです
されどもしののめきたるまへ

しののめ
16ページ注参照。
さむしい
さみしいに同じ。
臥床
寝床《ねどこ》に同じ。
よも
四方。あたり。

私の臥床にしのびこむひとつの憂愁《いうしう》
けぶれる木木の梢《こずゑ》をこえ
遠い田舎の自然からよびあげる鶏《とり》のこゑです
とをてくう、とをるもう、とをるもう。

恋《こひ》びとよ
恋びとよ
有明のつめたい障子《しやうじ》のかげに
私はかぐ　ほのかなる菊《きく》のにほひを
病《や》みたる心霊《しんれい》のにほひのやうに
かすかにくされゆく白菊《しらぎく》のはなのにほひを
恋びとよ
恋びとよ。

しののめきたるまへ

有明
14ページ注参照。

私の心は墓場のかげをさまよひあるく
ああ　なにものか私をよぶ苦しきひとつの焦燥《せうさう》
このうすい紅いろの空気にはたへられない
恋びとよ
母上よ
早くきてともしびの光を消してよ
私はきく　遠い地角のはてを吹《ふ》く大風《たいふう》のひびきを
とをてくう、とをるもう、とをるもう。

艶《なま》めかしい墓場

風は柳《やなぎ》を吹《ふ》いてゐます
どこにこんな薄暗《うすぐら》い墓地の景色があるのだらう。
なめくぢは垣根《かきね》を這《は》ひあがり

焦燥　いらだち。焦《あせ》り。

みはらしの方から生《なま》あつたかい潮《しほ》みづがにほつてくる。
どうして貴女《あなた》はここに来たの
やさしい　青ざめた　草のやうにふしぎな影《かげ》よ
貴女は貝でもない　雉《きじ》でもない　猫《ねこ》でもない
さうしてさびしげなる亡霊《ばうれい》よ
貴女のさまよふからだの影から
まづしい漁村の裏通りで　魚《さかな》のくさつた臭《にほ》ひがする
その腸《はらわた》は日にとけてどろどろと生臭《なまぐさ》く
かなしく　せつなく　ほんとにたへがたい哀傷《あいしやう》のにほひである。

ああ　この春夜のやうになまぬるく
べにいろのあでやかな着物をきてさまよふひとよ
妹のやうにやさしいひとよ
それは墓場の月でもない　燐《りん》でもない　影でもない　真理でもない
さうしてただなんといふ悲しさだらう。

みはらし　遠く先の方。

かうして私の生命《いのち》や肉体《からだ》はくさつてゆき
「虚無《きよむ》」のおぼろげな景色のかげで
艶めかしくも　ねばねばとしなだれて居《ゐ》るのですよ。

馬車の中で

馬車の中で
私はすやすやと眠《ねむ》つてしまつた。
きれいな婦人よ
私をゆり起《おこ》してくださるな
明るい街灯の巷《ちまた》をはしり
すずしい緑蔭《りよくいん》の田舎《ゐなか》をすぎ
いつしか海の匂《にほ》ひも行手にちかくそよいでゐる。
ああ蹄《ひづめ》の音もかつかつとして

巷　賑《にぎ》やかな通り。街中《まちなか》。
緑蔭　青青と茂《しげ》った木のかげ。木蔭《こかげ》。

私はうつつにうつつを追ふ
きれいな婦人よ
旅館の花ざかりなる軒《のき》にくるまで
私をゆり起してくださるな。

蒼《あを》ざめた馬

冬の曇天《どんてん》の　凍《こほ》りついた天気の下で
そんなに憂鬱《いううつ》な自然の中で
だまつて道ばたの草を食つてる
みじめな　しよんぼりした　宿命の　因果の　蒼ざめた馬の影《かげ》です
わたしは影の方へうごいて行き
馬の影はわたしを眺《なが》めてゐるやうす。

うつつ
（夢・幻《まぼろし》に対しての）現実。目が覚めた状態。転じて（「夢うつつ」からの誤用で）夢か現実かはっきりしない状態。この場合は後者の意味か。
曇天
曇《くも》り空。
宿命
定まっているとされている運命。
因果
もともとは仏教用語。すべての行為は後の運命を決定するということ。

ああはやく動いてそこを去れ
わたしの生涯《らいふ》の映画幕《すくりーん》から
すぐに　すぐに外《ず》りさつてこんな幻像《げんざう》を消してしまへ
私の「意志」を信じたいのだ。馬よ！
因果の　宿命の　定法の　みじめなる
絶望の凍りついた風景の乾板《かんぱん》から
蒼ざめた影を逃走《たうそう》しろ。

遺伝

人家は地面にへたばつて
おほきな蜘蛛《くも》のやうに眠《ねむ》つてゐる。
さびしいまつ暗な自然の中で
動物は恐《おそ》れにふるへ

意志
　どうしてもこれをしよう、またはしまいという積極的な心。
定法
　決まった法則。

なにかの夢魔《むま》におびやかされ
かなしく青ざめて吠《ほ》えてゐます。
　のをあある　とをあある　やわあ

もろこしの葉は風に吹《ふ》かれて
さわさわと闇《やみ》に鳴つてる。
お聴《き》き！　しづかにして
道路の向《むこ》うで吠えてゐる
あれは犬の遠吠《とほぼえ》だよ。
　のをあある　とをあある　やわあ

「犬は病《や》んでゐるの？　お母あさん。」
「いいえ子供
犬は飢《う》ゑてゐるのです。」

夢魔
　夢の中に現れて人を苦しめる悪魔。転じて、ひどい不安・恐怖《きょうふ》を伴《ともな》う夢。
もろこし
　コーリャン。とうきび。穀物の一種。

遠くの空の微光《びくわう》の方から
ふるへる物象のかげの方から
犬はかれらの敵を眺《なが》めた
遺伝の　本能の　ふるいふるい記憶《きおく》のはてに
あはれな先祖のすがたをかんじた。

犬のこころは恐れに青ざめ
夜陰《やいん》の道路にながく吠える。
　のをあある　とをあある　のをあある　やわあああ

「犬は病んでゐるの？　お母あさん。」
「いいえ子供
犬は飢ゑてゐるのですよ。」

物象　形あるもの。物体。

夜陰　夜のくらがり。

花やかなる情緒《じやうしよ》

深夜のしづかな野道のほとりで
さびしい電灯が光つてゐる
さびしい風が吹《ふ》きながれる
このあたりの山には樹木《じゆもく》が多く
楢《なら》、檜《ひのき》、山毛欅《ぶな》、樫《かし》、欅《けやき》の類
枝葉もしげく鬱蒼《うつさう》とこもつてゐる。

そこやかしこの暗い森から
また遥《はる》かなる山山の麓《ふもと》の方から
さびしい弧灯《ことう》をめあてとして
むらがりつどへる蛾《が》をみる。

情緒
心の動きを誘《さそ》い起こすような気分・雰囲気《ふんいき》。

楢
ぶな科の落葉高木。葉は卵形で縁は鋸《のこぎり》状。実はどんぐり。

檜
山地に生える、常緑高木。高級材木となる。

山毛欅
山地に生える落葉高木。樹皮は

蝗《いなご》のおそろしい群のやうに
光にうづまき　くるめき　押《お》しあひ死にあふ小虫の群団。

人里はなれた山の奥《おく》にも
夜ふけてかがやく弧灯をゆめむ。
さびしい花やかな情緒をゆめむ。
さびしい花やかな灯火《あかり》の奥に
ふしぎな性の悶《もだ》えをかんじて
重たい翼《つばさ》をばたばたさせる
かすてらのやうな蛾をみる
あはれな　孤独《こどく》の　あこがれきつたいのちをみる。

いのちは光をさして飛びかひ
光の周囲にむらがり死ぬ
ああこの賑《にぎ》はしく　艶《なま》めかしげなる春夜の動静

灰白色。
樫
暖地《だんち》に自生する常緑高木。果実はどんぐり。堅《かた》い材木となる。
欅
落葉高木。大木になる。木目の美しい堅い材木となる。
しげく
密度が濃《こ》く、びっしりと。
鬱蒼
草木が青青と茂《しげ》ったさま。
弧灯
一つさびしくともる灯火。

露《つゆ》つぽい空気の中で
花やかな弧灯は眠《ねむ》り　灯火はあたりの自然にながれてゐる。
ながれてゐる哀傷《あいしやう》の夢の影《かげ》のふかいところで
私はときがたい神秘をおもふ
万有《ばんいう》の　生命の　本能の　孤独なる
永遠に永遠に孤独なる　情緒のあまりに花やかなる。

夢

あかるい屏風《びやうぶ》のかげにすわつて
あなたのしづかな寝息《ねいき》をきく。
香炉《かうろ》のかなしいけむりのやうに
そこはかとたちまよふ
女性のやさしい匂《にほ》ひをかんずる。

万有
宇宙間に存在するすべてのもの。

香炉
香《こう》をたくのに使う容器。

かみの毛ながきあなたのそばに
睡魔《すいま》のしぜんな言葉をきく
あなたはふかい眠《ねむ》りにおち
わたしはあなたの夢をかんがふ
このふしぎなる情緒《じやうしよ》
影《かげ》なきふかい想《おも》ひはどこへ行くのか。

薄暮《はくぼ》のほの白いうれひのやうに
はるかに幽《かす》かな湖水をながめ
はるばるさみしい麓《ふもと》をたどつて
見しらぬ遠見の山の峠《たうげ》に
あなたはひとり道にまよふ　道にまよふ。

ああ　なににあこがれもとめて

遠見の
　遠くに見える。

あなたはいづこへ行かうとするか
いづこへ　いづこへ　行かうとするか
あなたの感傷は夢魔《むま》に饐《す》えて
白菊《しらぎく》の花のくさつたやうに
ほのかに神秘なにほひをたたふ。

（とりとめもない夢の気分とその抒情《じよじやう》）

蝶《てふ》を夢む――大正十二年七月

蝶《てふ》を夢む

座敷《ざしき》のなかで　大きなあつぼつたい翼《はね》をひろげる
蝶のちひさな　醜《みにく》い顔とその長い触手《しよくしゆ》と
紙のやうにひろがる　あつぼつたいつばさの重みと。
わたしは白い寝床《ねどこ》のなかで眼《め》をさましてゐる。
しづかにわたしは夢の記憶《きおく》をたどらうとする
夢はあはれにさびしい秋の夕べの物語
水のほとりにしづみゆく落日と
しぜんに腐《くさ》りゆく古き空家にかんするかなしい物語。
夢をみながら　わたしは幼な児《ご》のやうに泣いてゐた
たよりのない幼な児の魂《たましひ》が

空家の庭に生える草むらの中で　しめつぽいひきがへるのやうに泣いてゐた。
もつともせつない幼な児の感情が
とほい水辺のうすらあかりを恋《こひ》するやうに思はれた
ながいながい時間のあひだ　わたしは夢をみて泣いてゐたやうだ。

あたらしい座敷のなかで　蝶が翼をひろげてゐる
白い　あつぼつたい　紙のやうな翼をふるはしてゐる。

陸橋

陸橋を渡《わた》つて行かう
黒くうづまく下水のやうに
もつれる軌道《きだう》の高架《かうか》をふんで
はるかな落日の部落へ出よう。

軌道
汽車・電車などの線路。

高架
（橋などを）高い所にかけわたすこと。

部落
人の住む集落。

かしこを高く
天路を翔《か》けさる鳥のやうに
ひとつの架橋《かけう》を越《こ》えて跳躍《てうやく》しよう。

春の芽生《めばえ》

私は私の腐蝕《ふしよく》した肉体にさよならをした
そしてあたらしくできあがつた胴体《どうたい》からは
あたらしい手足の芽生が生えた
それらはじつにちつぽけな
あるかないかも知れないぐらゐの芽生の子供たちだ
それがこんな麗《うら》らかの春の日になり
からだ中でぴよぴよと鳴いてゐる
かはいらしい手足の芽生たちが

天路　天のみちすじ。朔太郎の造語。

さよなら、さよなら、さよなら、と言つてゐる。
おおいとしげな私の新芽よ
はちきれる細胞《さいばう》よ
いま過去のいつさいのものに別れを告げ
ずゐぶん愉快《ゆかい》になり
太陽のきらきらする芝生《しばふ》の上で
なまあたらしい人間の皮膚《ひふ》の上で
てんでに春のぽるかを踊《おど》るときだ。

眺望《てうばう》

旅の記念として、室生犀星《むろうさいせい》に

さうさうたる高原である
友よ　この高きに立つて眺望しよう。

てんでに　めいめいに。思い思いに。
ぽるか　ポルカ。二拍《びょう》子《し》のダンス曲。

眺望　遠くを眺《なが》めること。
さうさうたる　青々と広がった。

僕《ぼく》らの人生について思惟《しゐ》することは
ひさしく既《すで》に転変の憂苦《いうく》をまなんだ
ここには爽快《さうくわい》な自然があり
風は全景にながれてゐる。
瞳《め》をひらけば
瞳は追憶《ついおく》の情侈《じやうし》になづんで濡《ぬ》れるやうだ。
友よここに来《きた》れ
ここには高原の植物が生育し
日向《ひなた》に快適の思想はあたたまる。
ああ君よ
かうした情歓《じやうくわん》もひさしぶりだ。

思惟
　考えること。
転変
　（万物が）移り変わること。
憂苦
　心配して苦にすること。
情侈
　朔太郎の造語。情緒《じょうちょ》に近い意味。
なづんで
　ひたって。
情歓
　朔太郎の造語。感情に近い意味。

蟾蜍《ひきがへる》

雨景の中で
ぽうとふくらむ蟾蜍
へんに膨大《ばうだい》なる夢の中で
お前の思想は白くけぶる。

雨景の中で
ぽうと呼吸《いき》をすひこむ霊魂《れいこん》
妙《めう》に幽明《いうめい》な宇宙の中で
一つの時間は消抹《せうまつ》され
一つの空間は拡大する。

幽明　暗闇《くらやみ》の中でほのかに明るい、という意味。

家畜《かちく》

花やかな月が空にのぼつた
げに大地のあかるいことは。
小さな白い羊たちよ
家の屋根の下にお這《は》入り
しづかに涙《なみだ》ぐましく動物の足調子をふんで。

絶望の逃走《たうそう》

おれらは絶望の逃走人だ
おれらは監獄《かんごく》やぶりだ

監獄　犯罪人を閉じ込《こ》める牢屋《ろうや》。

あの陰鬱《いんうつ》な柵《さく》をやぶつて
いちどに街路へ突進《とつしん》したとき
そこらは叛逆《はんぎやく》の血みどろで
看守《かんしゆ》は木《こ》つ葉《ぱ》のやうにふるへてゐた。

あれからずつと
おれらは逃走してやつて来たのだ
あの遠い極光地方で　寒ざらしの空の下を
みんなは栗鼠《りす》のやうに這《は》ひ廻《まは》つた
いつもおれたちの行くところでは
暗愁《あんしう》の、曇天《どんてん》の、吠《ほ》えつきたい天気があつた。

逃走の道のほとりで
おれらはさまざまの自然をみた
曠野《くわうや》や、海や、湖水や、山脈や、都会や、部落や、工場や、兵営や、病院や、

叛逆　主君や国家に逆らうこと。
看守　牢屋の番人。
極光地方　朔太郎の造語。極光（オーロラ）の光る寒帯地方の意味。
寒ざらし　寒い空気にさらされた。
暗愁　暗い憂鬱《ゆううつ》。
部落　91ページ注参照。
兵営　兵士が居住する一定区域。

銅山や
おれらは逃走し
どこでも不景気な自然をみた
どこでもいまいましいめに出あつた。

おれらは逃走する
どうせやけくその監獄やぶりだ
規則はおれらを捕縛《ほばく》するだらう
おれらは正直な無頼漢《ぶらいかん》で
神様だつて信じはしない、何だつて信ずるものか
良心だつてその通り
おれらは絶望の逃走人だ。

逃走する
逃走する

捕縛
犯罪者を逮捕《たいほ》すること。
無頼漢
ならずもの。

あの荒涼《くわうりやう》とした地方から
都会から
工場から
生活から
宿命からでも逃走する
さうだ！　宿命からの逃走だ。

日はすでに暮れようとし
非常線は張られてしまつた
おれらは非力の叛逆人で
厭世《えんせい》の、猥弱《わいじやく》の、虚無《きよむ》の冒瀆《ぼうとく》を知つてるばかりだ。
ああ逃《に》げ道はどこにもない
おれらは絶望の逃走人だ。

非常線
　犯罪などが起きた時、一定区域に警官を配置して警戒《けいかい》すること。また、その区域を囲む線。
厭世
　この世を嫌《きら》うこと。
猥弱
　朔太郎の造語。いやしく、かつ弱々しい意か。

僕等《ぼくら》の親分

剛毅《がうき》な慧捷《けいせふ》の視線でもつて
もとより不敵の彼《か》れが合図をした
「やい子分の奴《やつ》ら！」
そこで子分は突《つ》つぱしり　四方に気をくばり
めいめいのやつつける仕事を自覚した。

白昼商館に爆入《ばくにふ》し
街路に通行の婦人をひつさらつた
かれらの事業は奇蹟《きせき》のやうで
まるで礼儀《れいぎ》にさへ適《かな》つてみえる。
しづかな、電光の、抹殺《まつさつ》する、まるで夢のやうな兇行《きようかう》だから

剛毅
　意志が強固で不屈《ふくつ》なこと。
慧捷
　賢《かしこ》く鋭《するど》いこと。
爆入
　乱入に近い意。正しくは驀入と書く。
奇蹟
　神などが示す信じられないような行い。
兇行
　犯行。

市街に自動車は平気ではしり
どんな平和だつてみだしはしない。
もとより不敵で豪胆《がうたん》な奴らは
ぬけ目のない計画から
勇敢《ゆうかん》から、快活から、押《おさ》へきれない欲情から
自由に空をきる鳥のやうだ。
見ろ　見ろ　一団の襲撃《しふげき》するところ
意志と理性に照らされ
やくざの秘密はひつぺがされ
どこでも偶像《ぐうざう》はたたきわられる

剛毅な　慧捷の瞳《ひとみ》でもつて
僕等の親分が合図をする。
僕等は卑怯《ひけふ》でみすぼらしく　生き甲斐《がひ》もない無頼漢《やくざ》であるが
僕等の親分を信ずるとき

豪胆　危険・困難に臨《のぞ》んでも、大胆《だいたん》に物事を処する態度。

僕等の生活は充血《じゆうけつ》する
仲間のみさげはてた奴らまでが
いつぽんぶつこみ　抜《ぬ》きつれ
まつすぐ喧嘩《けんか》の、縄《なは》ばりの、讐敵《かたき》の修羅場《しゆらば》へたたき込《こ》む。

僕等の親分は自由の人で
青空を行く鷹《たか》のやうだ。
もとより大胆不敵な奴で
計画し、遂行《すいかう》し、予言し、思考し、創見する。
かれは生活を創造する。
親分！

いつぽんぶつこみ
抜きつれ
（やくざの）一本
刀を引っ提《さ》げて。
讐敵の修羅場
敵討《かたきう》ちの戦い
の場。

かつて信仰《しんかう》は地上にあつた

でうすはいすらえゑるの野にござつて
悪《あ》しき大天狗《おほてんぐ》小天狗を退治なされた。
「人は麦餅《むぎもち》だけでは生きないのぢや」
初手の天狗が出たとき
泥薄如来《でうすにょらい》の言はれた言葉ぢや
これぢやで皆様《みなさま》
ひとはたましひが大事でござらう。
たましひの罪を洗ひ浄《きよ》めて
よくよく昇天《しようてん》の仕度《したく》をなされよ。
この世の説教も今日かぎりぢや
明日《あす》はくるすでお目にかからう。

でうす・泥薄如来
ゼウス。ここではキリストの意味。
いすらえゑる
イスラエル。
悪しき大天狗小天狗
ここでは、悪い大悪魔と小悪魔の意味。
麦餅
パン
昇天
死んで天国に行くこと。
くるす
十字架《か》。

南無《なむ》童貞《どうてい》麻利亜《まりや》聖天　保亜羅《ぽうろ》大師
さんたまりや　さんたまりや。

信仰のあつい人人は
いるまんの眼《め》にうかぶ涙《なみだ》をかんじた
悦《よろこ》びの、また悲しみの、ふしぎな情感のかげをかんじた。
ひとびとは天を仰《あふ》いだ
天の高いところに、かれらの真神《しんしん》の像《かたち》を眺《なが》めた。
さんたまりや　さんたまりや。

奇異《きい》なるひとつのいめえぢは
私の思ひをわびしくする
かつて信仰は地上にあつた。
宇宙の　無限の　悠悠《いういう》とした空の下で
はるかに永生の奇蹟《きせき》をのぞむ　熱したひとびとの群《むれ》があつた。

童貞麻利亜　処女のままキリストを生んだマリア。
保亜羅　パウロ。ローマ帝国にキリスト教を広めた伝導師。
さんたまりや　サンタマリア。ポルトガル語で聖母マリアを讃《たた》えることば。
いるまん　ポルトガル語でキリシタンの信《しん》仰《こう》上の兄弟。

ああいま群集はどこへ行つたか
かれらの幻想《げんさう》はどこへ散つたか。
わびしい追憶《ついおく》の心像《いめえぢ》は、蒼空《あをぞら》にうかぶ雲のやうだ。

波止場の烟《けむり》

野鼠《のねずみ》は畠《はたけ》にかくれ
矢車草《やぐるまさう》は散り散りになつてしまつた
歌も　酒も　恋《こひ》も　月も　もはやこの季節のものでない
わたしは老いさらばつた鴉《からす》のやうに
よぼよぼとして遠国の旅に出かけて行かう
さうして乞食《こじき》どものうろうろする
どこかの遠い港の波止場で
海草の焚《た》けてる空のけむりでも眺《なが》めてゐよう

老いさらばつた　年をとって醜《みにく》くなった。
遠国　遠い国。

ああ　まぼろしの乙女《をとめ》もなく
しをれた花束のやうな運命になつてしまつた
砂地にまみれ
礫利食《じやりくひ》がにのやうにひくい音《ね》で泣いて居《ゐ》よう。

狼《おほかみ》

見よ
来る
遠くよりして疾行《しつかう》するものは銀の狼
その毛には電光を植ゑ
いちねん牙《きば》を研《と》ぎ
遠くよりしも疾行す。
ああ狼のきたるにより

礫利食がに
　朔太郎の造語。砂（食い）蟹《がに》と同義か。砂穴に生息。はさみで鳴き声を出す。

疾行
　はや足で歩く。

いちねん
　いっしんに。

われはいたく怖《おそ》れかなしむ
われはわれの肉身の裂《さ》かれ鋼鉄《はがね》となる薄暮《はくぼ》をおそる
きけ浅草寺《せんさうじ》の鐘《かね》いんいんと鳴りやまず
そぞろにわれは畜生《ちくしやう》の肢体《したい》をおそる
怖れつねにかくるるにより
なんぴとも素足《すあし》をみず
されば都にわれの過ぎ来し方を知らず
かくしもおとろへしけふの姿にも
狼は飢《う》ゑ牙をとぎて来《きた》れるなり。
ああわれはおそれかなしむ
まことに混閙《こんだう》の都にありて
すさまじき金属の
疾行する狼の跫音《あのと》をおそる。

浅草寺
東京都台東区浅《あさ》草《くさ》にある金竜山浅草寺。

いんいんと
鐘のくぐもって鳴るさま。

混閙
人込みなどが騒《そう》然《ぜん》としている様子。

跫音
足音。

松葉に光る

燃えあがる
燃えあがる
あるみにうむのもえあがる
雪ふるなべにもえあがる
松葉に光る
縊死《いし》の屍体《したい》のもえあがる
いみじき炎《ほのほ》もえあがる。

縊死　31ページ注参照。

Omega の瞳《め》

死んでみたまへ、屍蠟《しらふ》の光る指先から、お前の霊《れい》がよろよろとして昇発《しようはつ》する。
その時お前は、ほんたうにおめがの青白い瞳を見ることができる。それが
お前の、ほんたうの人格であつた。

ひとが猫《ねこ》のやうに見える。

屍蠟　死んで半透明《とうめい》に蠟化した死体。

おめが　オメガ。ギリシャ語の最後の文字(Ω ω)。転じてものごとの最後の意味。

萩原朔太郎《はぎわらさくたろう》詩集――昭和三年三月

桃李《たうり》の道

——老子《らうし》の幻想《げんさう》から

聖人よ　あなたの道を教へてくれ
繁華《はんくわ》な村落はまだ遠く
鶏《とり》や犢《こうし》の声さへも霞《かすみ》の中にきこえる。
聖人よ　あなたの真理をきかせてくれ。
杏《あんず》の花のどんよりとした季節のころに
ああ　私は家を出《い》で　なにの学問を学んできたか
むなしく青春はうしなはれて
恋《こひ》も　名誉《めいよ》も　空想も　みんな楊柳《やうりう》の牆《かき》に涸《か》れてしまつた。
聖人よ
日は田舎《ゐなか》の野路にまだ高く

桃李
　徳のある人には自然に人が集まってくることのたとえ。

道
　通行する道の他に、人としての生きる道という意味も含《ふく》まれている。

老子
　中国周代の哲学者。道家の祖。姓《せい》は李。

聖人
　知徳がすぐれている理想的な人

村村の娘《むすめ》が唱《うた》ふ機歌《はたうた》の声も遠くきこえる。
聖人よ　どうして道を語らないか
あなたは黙《もく》し　さうして桃《もも》や李《すもも》の咲《さ》いてる夢幻《むげん》の郷《さと》で
ことばの解き得ぬ認識の玄義《げんぎ》を追ふか。
ああ　この道徳の人を知らない
昼頃《ごろ》になつて村に行き
あなたは農家の庖廚《はうちゆう》に坐《すわ》るでせう。
さびしい路上の聖人よ
わたしは別れ　もはや遠くあなたの沓音《くつおと》を聴《き》かないだらう。
悲しみしのびがたい時でさへも
ああ　師よ！　私はまだ死なないでせう。

物。
犢　小牛に同じ。
楊柳　柳《やなぎ》の木。
牆　垣根《かきね》。囲い。
機歌　機織りの時に歌う仕事歌。
玄義　奥《おく》深い教義。
庖廚　台所。厨房《ちゆうぼう》。

風船乗りの夢

夏草のしげる叢《くさむら》から
ふはりふはりと天上さして昇《のぼ》りゆく風船よ
籠《かご》には旧暦《きうれき》の暦《こよみ》をのせ
はるか地球の子午線を越《こ》えて吹《ふ》かれ行かうよ。
ばうばうとした虚無《きよむ》の中を
雲はさびしげにながれて行き
草地も見えず　記憶《きおく》の時計もぜんまいがとまつてしまつた。
どこをめあてに翔《か》けるのだらう
さうして酒瓶《さかがめ》の底は空《むな》しくなり
酔《よ》ひどれの見る美麗《びれい》な幻覚《まぼろし》も消えてしまつた。
しだいに下界の陸地をはなれ

風船乗り　39ページ注参照。

旧暦　太陰《たいいん》暦。

愁《うれ》ひや雲やに吹きながされて
知覚もおよばぬ真空圏《けん》内へまぎれ行かうよ。
この瓦斯体《がすたい》もてふくらんだ気球のやうに
ふしぎにさびしい宇宙のはてを
友だちもなく　ふはりふはりと昇つて行かうよ。

古風な博覧会

かなしく　ぼんやりとした光線のさすところで
円頂塔《どうむ》の上に円頂塔が重なり
それが遠い山脈の方まで続いてゐるではないか。
なんたるさびしげな青空だらう。
透《す》き通つた硝子《がらす》張りの虚空《こくう》の下で
あまたのふしぎなる建築が格闘《かくとう》し

真空圏　大気圏外。
瓦斯体　気体に同じ。瓦斯はガスの漢字表記。
博覧会　種々の産物を展示陳列《ちんれつ》する発表会。
円頂塔　天井の丸いドーム状の建物。
あまたの　多くの。

春さきののどかな光もささず
陰鬱《いんうつ》な寝床《ねどこ》のなかにごろごろとねころんでゐる。
わたしをののしりわらふ世間のこゑごゑ
だれひとりきてなぐさめてくれるものもなく
やさしい婦人のうたごゑもきこえはしない。
それゆゑわたしの瞳だまはますますひらいて
へんにとうめいなる硝子《がらす》玉になつてしまつた。
なにを喰《た》べようといふでもない
妄想《まうさう》のはらわたに火薬をつめこみ
さびしい野原に古ぼけた大砲をひきずりだして
どおぼん　どおぼんとうつてゐようよ。

大工の弟子《でし》

僕《ぼく》は都会に行き
家を建てる術を学ばう。
僕は大工の弟子となり
大きな晴れた空に向《むか》つて
人畜《じんちく》の怒《いか》れるやうな家根《やね》を造らう。
僕等《ぼくら》は白蟻《しろあり》の卵のやうに
巨大な建築の柱の下で
うぢうぢとして仕事をしてゐる。
甍《いらか》が翼《つばさ》を張りひろげて
夏の烈日《れつじつ》の空にかがやくとき
僕等は繁華《はんくわ》の街上にうじやうじやして

甍　瓦葺《かわらぶき》の屋根。

つまらぬ女どもが出してくれる
珈琲店《カフエ》の茶などを飲んでる始末だ。
僕は人生に退屈《たいくつ》したから
大工の弟子になつて勉強しよう。

記憶《きおく》

記憶をたとへてみれば
記憶は雪のふるやうなもので
しづかに生活の過去につもるうれしさ。

記憶は見知らぬ波止場をあるいて
にぎやかな夜霧《よぎり》の海に
ぽうぽうと鳴る汽笛をきいた。

記憶はほの白む汽車の窓に
わびしい東雲《しののめ》をながめるやうで
過ぎさる生活の景色のはてを
ほのかに消えてゆく月のやうだ。

記憶は雪のふる都会の夜に
しづかな建築の家根《やね》を這《は》ひまはる
さびしい青猫《あをねこ》の影《かげ》の影
記憶は分身のやうなものだ。

東雲　夜明け。

郷土望景詩——『純情小曲集』（大正十四年）に収録

中学の校庭

われの中学にありたる日は
艶《なま》めく情熱になやみたり
いかりて書物をなげすて
ひとり校庭の草に寝《ね》ころび居《ゐ》しが
なにものの哀傷《あいしやう》ぞ
はるかに青きを飛びさり
天日《てんじつ》直射して熱く帽子《ばうし》に照りぬ。

艶めく
性的な感覚に訴《うった》えるような。

哀傷
心が悲しみいたむこと。

波宜亭《はぎてい》

少年の日は物に感ぜしや
われは波宜亭の二階によりて
かなしき情歓《じやうかん》の思ひにしづめり。
その亭の庭にも草木茂《さうもくしげ》み
風ふき渡《わた》りてばうばうたれども
かのふるき待たれびとありやなしや。
いにしへの日には鉛筆《えんぴつ》もて
欄干《おばしま》にさへ記せし名なり。

波宜亭　前橋市内の料理屋。

情歓　94ページ注参照。

欄干　てすり。

才川町

――十二月下旬《げじゆん》――

空に光つた山脈《やまなみ》
それに白く雪風
このごろは道も悪く
道も雪解けにぬかつてゐる。
わたしの暗い故郷の都会
ならべる町家の家並のうへに
かの火見櫓《ひのみやぐら》をのぞめるごとく
はや松飾《かざ》りせる軒《のき》をこえて
才川町こえて赤城《あかぎ》をみる。
この北に向《むか》へる場末の窓窓

才川町　前橋北部の町。

火見櫓　火事などを知らせる見張り台。

赤城　赤城山。

そは黒く煤《すす》にとざせよ
日はや霜《しも》にくれて
荷車巷路《かうろ》に多く通る。

新前橋駅

野に新しき停車場は建てられたり
便所の扉《とびら》風にふかれ
ペンキの匂《にほ》ひ草いきれの中に強しや。
烈烈《れつれつ》たる日かな
われこの停車場に来《きた》りて口の渇《かわ》きにたへず
いづこに氷を喰《は》まむとして売る店を見ず
ばうばうたる麦の遠きに連なりながれたり。
いかなればわれの望めるものはあらざるか

巷路
街路。

新前橋駅
一九二一（大正一〇）年七月開業の、上越《じょうえつ》・両毛線の駅。当時の駅周辺はただの野原だった。

いかなれば〜か
どうして〜か。

憂愁《いうしう》の暦《こよみ》は酢《す》え
心はげしき苦痛にたへずして旅に出でんとす。
ああこの古びたる鞄《かばん》をさげてよろめけども
われは瘠犬《やせいぬ》のごとくして憫《あは》れむ人もあらじや。
いま日は構外の野景に高く
農夫らの鋤《すき》に蒲公英《たんぽぽ》の茎《くき》は刈《か》られ倒《たお》されたり。
われひとり寂《さび》しき歩廊《ほうむ》の上に立てば
ああはるかなる所よりして
かの海のごとく轟《とど》ろき　感情の軋《きし》りつつ来るを知れり。

大渡橋《おほわたり》

ここに長き橋の架《か》したるは
かのさびしき惣社《そうしや》の村より　直《ちよく》として前橋の町に通ずるならん。

歩廊　列車の駅のプラットホーム。

大渡橋　一九二一（大正十）年十一月竣《しゆん》工《こう》。利根川を渡る橋。

われここを渡《わた》りて荒寥《くわうれう》たる情緒《じやうしよ》の過ぐるを知れり
往《ゆ》くものは荷物を積み車に馬を曳《ひ》きたり
あわただしき自転車かな
われこの長き橋を渡るときに
薄暮《はくぼ》の飢《う》ゑたる感情は苦しくせり。

ああ故郷にありてゆかず
塩のごとくにしみる憂患《いうくわん》の痛みをつくせり
すでに孤独《こどく》の中に老いんとす
いかなれば今日の烈《はげ》しき痛恨《つうこん》の怒《いか》りを語らん
いまわがまづしき書物を破り
過ぎゆく利根川《とねがは》の水にいつさいのものを捨てんとす。
われは狼《おほかみ》のごとく飢ゑたり
しきりに欄干《らんかん》にすがりて歯を嚙《か》めども
せんかたなしや　涙《なみだ》のごときもの溢《あふ》れ出《い》で

物社　現在は前橋市総社町。
荒寥　風景などが荒れはててものさびしいこと。
憂患　心をいためること。

頰《ほ》につたひ流れてやまず
ああ我れはもと卑陋《ひろう》なり。
往くものは荷物を積みて馬を曳き
このすべて寒き日の　平野の空は暮れんとす。

広瀬川《ひろせがは》

広瀬川白く流れたり
時されればみな幻想《げんさう》は消えゆかん。
われの生涯《らいふ》を釣《つ》らんとして
過去の日川辺に糸をたれしが
ああかの幸福は遠きにすぎさり
ちひさき魚は眼《め》にもとまらず。

卑陋　外見・行動などが下品であること。

広瀬川　前橋市内を流れる小規模な川。現在の川岸の大半は、造成されてしまった。

公園の椅子《いす》

人気《ひとけ》なき公園の椅子にもたれて
われの思ふことはけふもまた烈《はげ》しきなり。
いかなれば故郷のひとのわれに辛《つら》く
かなしきすももの核《たね》を噛《か》まむとするぞ。
遠き越後《ゑちご》の山に雪の光りて
麦もまたひとの怒《いか》りにふるへをののくか。
われを嘲《あざ》けりわらふ声は野山にみち
苦しみの叫《さけ》びは心臓を破裂《はれつ》せり。
かくばかり
つれなきものへの執着《しふちやく》をされ。
ああ生《うま》れたる故郷の土を蹈《ふ》み去れよ。

すもも
桃《もも》に似た小さな果実。自分が周りから辛く当たられる様子をすももの種を噛み当てるという描《びょう》写《しゃ》で表現した。

われは指にするどく研《と》げるナイフをもち
葉桜のころ
さびしき椅子に「復讐《ふくしう》」の文字を刻みたり。

葉桜
花が散って若葉が出だした桜。四月末から五月ごろの季節のもの。

現代詩人全集　萩原朔太郎《はぎわらさくたろう》――昭和四年十月

郵便局の窓口で

郵便局の窓口で
僕《ぼく》は故郷への手紙をかいた。
鴉《からす》のやうに零落《れいらく》して
靴《くつ》も運命もすり切れちやつた。
煤煙《ばいえん》は空に曇《くも》つて
けふもまだ職業は見つからない。

父上よ
何が人生について残つて居《ゐ》るのか。
僕はかなしい空虚感《くうきよかん》から
貧しい財布《さいふ》の底をかぞへてみた。

零落　落ちぶれること。
煤煙　51ページ注参照。

すべての人生を銅貨にかへて
道路の敷石《しきいし》に叩《たた》きつけた。
故郷よ！
老いたまへる父上よ。

僕は港の方へ行かう
空気のやうに蹌踉《さうろう》として
波止場の憂鬱《いううつ》な道を歩かう。
人生よ！
僕は出帆《しゆつぱん》する汽船の上で
笛の吠《ほ》えさけぶ響《ひびき》をきいた。

蹌踉　足もとの不確かなさま。よろめく様子。

時計

古いさびしい空家《あきや》の中で
椅子《いす》が茫然《ばうぜん》として居《ゐ》るではないか。
その上に腰《こし》をかけて
編物をしてゐる娘《むすめ》もなく
煖炉《だんろ》に坐《すわ》る黒猫《くろねこ》の姿も見えない。
白いがらんどうの家の中で
私は物悲しい夢を見ながら
古風な柱時計のほどけて行く
錆《さ》びたぜんまいの響《ひびき》を聴《き》いた。
　じぼあん・じやん！　じぼあん・じやん！

古いさびしい空家の中で
昔の恋人《こひびと》の写真を見てゐた。
どこにも思ひ出す記憶《きおく》がなく
洋灯《ランプ》の黄色い光の影《かげ》で
かなしい情熱だけが漂《ただよ》つてゐた。
私は椅子の上にまどろみながら
遠い人気《ひとけ》のない廊下《らうか》の向《むか》うを
幽霊《いうれい》のやうにほごれてくる
柱時計の錆びついた響を聴いた。
　じぼあん・じやん！　じぼあん・じやん！

我れの持たざるものは一切《いつさい》なり

我れの持たざるものは一切なり
いかんぞ窮乏《きゆうぼふ》を忍《しの》ばざらんや。
ひとり橋を渡《わた》るも
灼《や》きつく如《ごと》く迫《せま》り
心みな非力の怒《いか》りに狂《くる》はんとす。
ああ我れの持たざるものは一切なり
いかんぞ乞食《こじき》の如《ごと》く羞爾《しうじ》として
道路に落ちたるを乞《こ》ふべけんや。
捨てよ！　捨てよ！
汝《なんぢ》の獲《え》たるケチくさき銭《ぜに》を握《にぎ》つて
勢ひ猛《まう》に走り行く自動車のあと

我れの持たざるものは一切なり　私は何も持ってない、の強調表現。

いかんぞ〜や　どうして〜か（いや、ない）という反語表現。

窮乏　貧乏《びんぼう》に苦しむこと。

羞爾　恥《は》じる気持ちの意味。朔太郎の造語。

枯《か》れたる街樹の幹に叩《たた》きつけよ。
ああすべて卑穢《ひわい》なるもの
汝の処生《しよせい》する人生を抹殺《まつさつ》せよ。

虚無《きよむ》の鴉《からす》

我れはもと虚無の鴉
かの高き冬至《とうじ》の家根《やね》に口をあけて
風見の如《ごと》くに咆号《はうがう》せん。
季節に認識ありやなしや
我れの持たざるものは一切《いつさい》なり。

咆号　吠《ほ》えること。

氷島——昭和九年六月

漂泊者《へうはくしや》の歌

日は断崖《だんがい》の上に登り
憂《うれ》ひは陸橋の下を低く歩めり。
無限に遠き空の彼方《かなた》
続ける鉄路の柵《さく》の背後《うしろ》に
一つの寂《さび》しき影《かげ》は漂《ただよ》ふ。

ああ汝《なんち》　漂泊者！
過去より来《きた》りて未来を過ぎ
久遠《くおん》の郷愁《きやうしう》を追ひ行くもの。
いかなれば蹌爾《さうじ》として
時計の如《ごと》くに憂ひ歩むぞ。

漂泊者
さまよい人。朔太郎の場合、旧約聖書やニーチェの著作が下《した》敷《じ》きとなっている。

鉄路
鉄道線路。

久遠
永遠。

蹌爾として
悄然《しょうぜん》として、に近い意味。朔太郎の造語。

石もて
石でもって。

輪廻
車輪が回転して

石もて蛇《へび》を殺すごとく
一つの輪廻《りんね》を断絶して
意志なき寂寥《せきれう》を蹈《ふ》み切れかし。

ああ　悪魔《あくま》よりも孤独《こどく》にして
汝は氷霜《ひようさう》の冬に耐《た》へたるかな！
かつて何物をも信ずることなく
汝の信ずるところに憤怒《ふんぬ》を知れり。
かつて欲情の否定を知らず
汝の欲情するものを弾劾《だんがい》せり。
いかなればまた愁《うれ》ひ疲《つか》れて
やさしく抱《いだ》かれ接吻《きす》する者の家に帰らん。
かつて何物をも汝は愛せず
何物もまたかつて汝を愛せざるべし。

きわまりがないように、霊魂《れいこん》が転々と他の生を受けて、迷いの世界をめぐること。流転《るてん》。

意志なき寂寥　意志が萎《な》えてしまうほどの寂しさ。

悪魔　キリスト教の思想が背後にあるが、朔太郎は個人の欲望が暴走する様子の象《しょう》徴《ちょう》としてしばしば使う。

氷霜の　凍《こお》りつくように寒い。

ああ汝　寂寥の人
悲しき落日の坂を登りて
意志なき断崖を漂泊《さまよ》ひ行けど
いづこに家郷はあらざるべし。
汝の家郷は有らざるべし！

遊園地《るなぱあく》にて

遊園地の午後なりき
楽隊は空に轟《とどろ》き
廻転木馬《かいてんもくば》の目まぐるしく
艶《つや》めく紅のごむ風船
群集の上を飛び行けり。

弾劾
　罪などを調べ上げて公開し、責任を問うこと。
家郷
　ふるさと。心のよりどころ。

遊園地
　現在の遊園地に同じ。

楽隊
　音楽を演奏する団体。

今日の日曜を此所《ここ》に来《きた》りて
われら模擬《もぎ》飛行機の座席に乗れど
側《かた》へに思惟《しゐ》するものは寂《さび》しきなり。
なになれば君が瞳孔《ひとみ》に
やさしき憂愁《いうしう》をたたへ給《たま》ふか。
座席に肩《かた》を寄りそひて
接吻《きす》するみ手を借したまへや。

見よこの飛翔《ひしやう》する空の向《むか》うに
一つの地平は高く揚《あが》り　また傾《かたむ》き　低く沈《しづ》み行かんとす。
暮春に迫《せま》る落日の前
われら既《すで》にこれを見たり
いかんぞ人生を展開せざらむ。
今日《こんにち》の果敢《はか》なき憂愁を捨て
飛べよかし！　飛べよかし！

模擬飛行機
　大きな回転アームに下げられた飛行機型の遊具。一九三〇年代より流行した。
側へに思惟するもの
　そばで考えにふける人。「君」の隣《となり》に座《すわ》る自分をさす。
一つの地平は…
　動きだした遊具から見えた風景の描写《びようしや》。

明るき四月の外光の中
嬉嬉《きき》たる群集の中に混りて
ふたり模擬飛行機の座席に乗れど
君の円舞曲《わるつ》は遠くして
側へに思惟するものは寂しきなり。

乃木坂倶楽部《のぎざかくらぶ》

十二月また来《きた》れり。
なんぞこの冬の寒きや。
去年はアパートの五階に住み
荒漠《くわうばく》たる洋室の中
壁《かべ》に寝台《べつと》を寄せてさびしく眠《ねむ》れり。

円舞曲　遠くに聴こえる遊園地のBGMと相手の女性のこころ模様をかけて表現した。

乃木坂倶楽部　昭和初期に東京乃木坂に建設された洋風アパートの名称《めいしょう》。別居直後の朔太郎が一時期住んだ。

わが思惟《しゐ》するものは何ぞや
すでに人生の虚妄《きよまう》に疲《つか》れて
今も尚《なほ》家畜《かちく》の如《ごと》くに飢《う》ゑたるかな。
我れは何物をも喪失《さうしつ》せず
また一切《いつさい》を失ひ尽《つく》せり。
いかなれば追はるる如く
歳暮《せいぼ》の忙《いそ》がしき街を憂《うれ》ひ迷ひて
昼もなほ酒場の椅子《いす》に酔《よ》はむとするぞ。
虚空《こくう》を翔《か》け行く鳥の如く
情緒《じやうしよ》もまた久しき過去に消え去るべし。

十二月また来れり
なんぞこの冬の寒きや。
訪《とぶら》ふものは扉《どあ》を叩《の》つくし
われの懶惰《らんだ》を見て憐《あは》れみ去れども

虚妄
うそいつわり。まぼろし。

虚空
中空。大空。

懶惰
なまけて、自堕《じだ》落《らく》な生活をすること。

石炭もなく煖炉《だんろ》もなく
白堊《はくあ》の荒漠たる洋室の中
我れひとり寝台に醒《さ》めて
白昼《ひる》もなほ熊《くま》の如くに眠れるなり。

帰郷

昭和四年の冬、妻と離別《りべつ》し二児を抱《かか》へて
故郷に帰る

わが故郷に帰れる日
汽車は烈風《れつぷう》の中を突《つ》き行けり。
ひとり車窓に目醒《めざ》むれば
汽笛は闇《やみ》に吠《ほ》え叫《さけ》び
火焔《ほのほ》は平野を明るくせり。

白堊 石灰岩。転じて白い石からなる壁《かべ》。白壁。

まだ上州の山は見えずや。
夜汽車の仄暗《ほのぐら》き車灯の影《かげ》に
母なき子供等《ら》は眠《ねむ》り泣き
ひそかに皆《みな》わが憂愁《いうしう》を探《さぐ》れるなり。
嗚呼《ああ》また都を逃《のが》れ来て
何所《いづこ》の家郷に行かむとするぞ。
過去は寂寥《せきれう》の谷に連なり
未来は絶望の岸に向《むか》へり。
砂礫《されき》のごとき人生かな！
われ既《すで》に勇気おとろへ
暗憺《あんたん》として長《とこし》なへに生きるに倦《う》みたり。
いかんぞ故郷に独り帰り
さびしくまた利根川《とねがは》の岸に立たんや。
汽車は曠野《くわうや》を走り行き
自然の荒寥《くわうれう》たる意志の彼岸《ひがん》に

家郷
故郷。ここの場合、心のよりどころという意味も含《ふく》んでいる。

砂礫
砂《すな》と小石。砂利《じゃり》。

人の憤怒《いきどほり》を烈《はげ》しくせり。

新年

新年来《きた》り
門松は白く光れり。
道路みな霜《しも》に凍《こほ》りて
冬の凛烈《りんれつ》たる寒気の中
地球はその週暦《しうれき》を新たにするか。
われは尚《なほ》悔《く》いて恨《うら》みず
百度もまた昨日の弾劾《だんがい》を新たにせむ。
いかなれば虚無《きよむ》の時空に
新しき弁証の非有《ひう》を知らんや。
わが感情は飢《う》ゑて叫《さけ》び

凛烈　びしっとひきしまった様子。

週暦　暦《こよみ》。カレンダー。

弁証の非有　朔太郎の造語。矛盾《むじゅん》を超えた新しい境地が存在しない、といった意味。

わが生活は荒寥《くわうれう》たる山野に住めり。
いかんぞ暦数《れきすう》の回帰を知らむ
見よ！　人生は過失なり。
今日の思惟《しゐ》するものを断絶して
百度《たび》もなほ昨日の悔恨《くわいこん》を新たにせん。

晩秋

汽車は高架《かうか》を走り行き
思ひは陽《ひ》ざしの影《かげ》をさまよふ。
静かに心を顧《かへり》みて
満たさるなきに驚《おどろ》けり。
巷《ちまた》に秋の夕日散り
鋪道《ほだう》に車馬は行き交《か》へども

暦数
　自然にめぐってくる運命。めぐりあわせ。

わが人生は有りや無しや。
煤煙《ばいえん》くもる裏街の
貧しき家の窓にさへ
斑黄葵《むらきあふひ》の花は咲《さ》きたり。

——朗吟《らうぎん》のために——

火

赤く燃える火を見たり
獣類《けもの》の如《ごと》く
汝《なんぢ》は沈黙《ちんもく》して言はざるかな。
夕べの静かなる都会の空に
炎《ほのほ》は美しく燃え出《い》づる

斑黄葵
朔太郎は「ゼレニアム」の訳語としている。

たちまち流れはひろがり行き
瞬時《しゅんじ》に一切《いっさい》を亡《ほろ》ぼし尽《つく》せり。
資産も、工場も、大建築も
希望も、栄誉《えいよ》も、富貴《ふうき》も、野心も
すべての一切を焼き尽せり。

火よ
いかなれば獣類の如く
汝は沈黙して言はざるかな。
さびしき憂愁《いうしう》に閉《とざ》されつつ
かくも静かなる薄暮《はくぼ》の空に
汝は熱情を思ひ尽せり。

富貴
金と地位。

地下鉄道《さぶうえい》にて

ひとり来《きた》りて地下鉄道の
青き歩廊《ほうむ》をさまよひつ
君待ちかねて悲しめど
君が夢には無きものを
なに幻影《まぼろし》の後尾灯《こうびとう》
空洞《うつろ》に暗きトンネルの
壁《かべ》に映りて消え行けり。
壁に映りて過ぎ行けり。

「なに幻影の後尾灯」「なに幻影の恋人《こひびと》を」に通ず。掛《か》ケ詞《ことば》。

歩廊　128ページ注参照。

後尾灯　赤いテールランプ。

虎《とら》

虎なり
曠《くわう》茫《ばう》として巨像《きよざう》の如《ごと》く
百貨店上屋階の檻《をり》に眠《ねむ》れど
汝《なんぢ》はもと機械に非《あら》ず
牙歯もて肉を食ひ裂《さ》くとも
いかんぞ人間の物理を知らむ。
見よ　穹窿《きゆうりゆう》に煤煙《ばいえん》ながれ
工場区街の屋根屋根より
悲しき汽笛は響《ひび》き渡《わた》る。
虎なり
虎なり

穹窿　大空。

午後なり
広告風船《ばるうむ》は高く揚《あが》りて
薄暮《はくぼ》に迫《せま》る都会の空
高層建築の上に遠く坐《すわ》りて
汝は旗の如くに飢《う》ゑたるかな。
杳《えう》として眺望《てうばう》すれば
街路を這《は》ひ行く蛆虫《うじむし》ども
生きたる食餌《しよくじ》を暗鬱《あんうつ》にせり。

虎なり
昇降機械《えれべえたあ》の往復する
東京市中繁華《はんくわ》の屋根に
琥珀《こはく》の斑《まだら》なる毛皮をきて
曠野《くわうや》の如くに寂《さび》しむもの。

広告風船
デパートの屋上などにつながれたアドバルーン。

杳として
暗いさま。深く広いさま。さびしいさま。

虎なり！
ああすべて汝の残像
虚空《こくう》のむなしき全景たり。

——銀座松阪屋《まつざかや》の屋上にて——

宿命——昭和十四年九月

ああ固い氷を破つて

ああ固い氷を破つて突進《とつしん》する、一つの寂《さび》しい帆船《はんせん》よ。あの高い空にひるがへる、浪浪の固体した印象から、その隔離《かくり》した地方の物侘《わび》しい冬の光線から、あはれに煤《すす》ぼけて見える小さな黒い猟鯨船《れふげいせん》よ。孤独《こどく》な環境《くわんきやう》の海に漂泊《へうはく》する船の羅針《らしん》が、一つの鋭《する》どい意志の尖角が、ああ如何《いか》に固い冬の氷を突《つ》き破つて驀進《ばくしん》することよ。

舌のない真理

とある幻灯《げんとう》の中で、青白い雪の降りつもつてゐる、しづかなしづかな景色の中で、私は一つの真理をつかんだ。物言ふことのできない、永遠に永遠に

猟鯨船　捕《ほ》鯨船。
意志の尖角《せんかく》　ある方向を強く目ざす意志の象《しよう》徴《ちよう》的表現。

舌のない真理　言葉以前の感覚の象徴的表現。

うら悲しげな、私は「舌のない真理」を感じた。景色の、幻灯の、雪のつもる影《かげ》を過ぎ去つて行く、さびしい青猫《あをねこ》の像《かたち》をかんじた。

船室から

嵐《あらし》、嵐、浪《なみ》、浪、大浪、大浪、大浪。傾《かた》むく地平線、上昇《じやうしよう》する地平線、落ちくる地平線。がちやがちや、がちやがちや。上甲板《じやうかんぱん》へ、上甲板へ。鎖《チエン》を巻け、鎖を巻け。突進《とつしん》する、突進する水夫ら。船室の窓、窓、窓、窓。傾むく地平線、上昇する地平線。鎖、鎖、鎖。風、風、風。水、水、水。船窓《ハツチ》を閉めろ。船窓を閉めろ。右舷《うげん》へ、左舷へ。浪、浪、浪。ほひゆーる。ほひゆーる。ほひゆーる。

甲板　舟の上部の床《ゆか》。デッキ。
右舷・左舷　船の方角。
ほひゆーる　嵐《あらし》のふきすさぶ擬音《ぎおん》。

死なない蛸《たこ》

或《あ》る水族館の水槽《すいさう》で、ひさしい間、飢《う》ゑた蛸が飼はれてゐた。地下の薄暗《うすぐら》い岩の影《かげ》で、青ざめた玻璃《はり》天井《てんじやう》の光線が、いつも悲しげに漂《ただよ》つてゐた。

だれも人人は、その薄暗い水槽を忘れてゐた。もう久しい以前に、蛸は死んだと思はれてゐた。そして腐《くさ》つた海水だけが、埃《ほこり》つぽい日ざしの中で、いつも硝子《ガラス》窓の槽にたまつてゐた。

けれども動物は死ななかつた。蛸は岩影にかくれて居《ゐ》たのだ。そして彼《かれ》が目を覚《さま》した時、不幸な、忘れられた槽の中で、幾日《いくにち》も幾日も、おそろしい飢《き》饑を忍《しの》ばねばならなかつた。どこにも餌食《ゑじき》がなく、食物《くひもの》が全く尽《つ》きてしまつた時、彼は自分の足をもいで食つた。まづその一本を。それから次の一本を。それから、最後に、それがすつかりおしまひになつた時、今度は胴《どう》を裏がへして、内臓の一部を食ひはじめた。少しづつ他の一部から一部へと。順順に。

青ざめた玻璃天井の光線
暗い水中に上から光が射《さ》す様子。

かくして蛸は、彼の身体《からだ》全体を食ひつくしてしまつた。外皮から、脳髄《なうずゐ》から、胃袋《ゐぶくろ》から。どこもかしこも、すべて残る隈《くま》なく。完全に。

或る朝、ふと番人がそこに来た時、水槽の中は空つぽになつてゐた。曇《くも》つた埃つぽい硝子の中で、藍色《あゐ》の透《す》き通つた潮水《しほみづ》と、なよなよした海草とが動いてゐた。そしてどこの岩の隅隅《すみずみ》にも、もはや生物の姿は見えなかつた。蛸は実際に、すつかり消滅《せうめつ》してしまつたのである。

けれども蛸は死ななかつた。彼が消えてしまつた後ですらも、尚《な》ほ且《か》つ永遠にそこに生きてゐた。古ぼけた、空つぽの、忘れられた水族館の槽の中で。永遠に――おそらくは幾世紀の間を通じて――或る物すごい欠乏《けつぼふ》と不満をもつた、人の目に見えない動物が生きて居《ゐ》た。

鏡

鏡のうしろへ廻《まは》つてみても、「私」はそこに居《ゐ》ないのですよ。お嬢《じやう》さん！

欠乏　必要なものが欠けていること。

鏡　「恋愛《れんあい》が主観の幻想《げんそう》であり、自我の錯覚《さつかく》であるといふこと」を表現した、と朔太郎は自注している。

銃《じゆう》器《き》店の前で

明るい硝子戸《ガラスど》の店の中で、一つの磨《みが》かれた銃器さへも、火薬を装塡《さうてん》してないのである。――何たる虚妄《きよまう》ぞ。懶爾《らんじ》として笑へ！

国境にて

その背後《うしろ》に煤煙《ばいえん》と傷心を曳《ひ》かないところの、どんな長列の汽車も進行しない！

虚妄　147ページ注参照。

懶爾　朔太郎の造語。哄笑《こうしよう》に近い意味か。

国境　生活や精神状態が新しい段階に進む状態を表現している。

傷心　かなしみ傷ついた心。

～ないところの～しない　「～ないのならば～ない」という二重否定。

歯をもてる意志

意志！　そは夕暮の海よりして、鱶《ふか》の如《ごと》くに泳ぎ来《きた》り、歯を以《も》て肉に噛《か》みつけり。

鱶　鮫《さめ》類の特に大きなものの名。

墓

これは墓である。蕭条《せうでう》たる風雨の中で、かなしく黙《もく》しながら、孤独《こどく》に、永遠の土塊《つちくれ》が存在してゐる。

何がこの下に、墓の下にあるのだらう。我我はそれを考へ得ない。おそらくは深い穴が、がらんどうに掘《ほ》られてゐる。さうして僅《わづ》かばかりの物質――人骨や、歯や、瓦《かはら》や――が、蟾蜍《ひきがへる》と一緒《いつしよ》に同棲《どうせい》して居《ゐ》る。そこには何もない。

蕭条たる　しとしとと雨の降る様子。

何物の生命も、意識も、名誉《めいよ》も。またその名誉について感じ得《う》るであらう存在もない。

尚《な》ほしかしながら我我は、どうしてそんなに悲しく、墓の前を立ち去ることができないだらう。我我はいつでも、死後の「無」について信じてゐる。何物も残りはしない。我我の肉体は解体して、他の物質に変《かは》つて行く。思想も、神経も、感情も、そしてこの自我の意識する本体すらも、空無の中に消えてしまふ。どうして今日の常識が、あの古風な迷信《めいしん》――死後の生活――を信じよう。我我は死後を考へ、いつも風のやうに哄笑《こうせう》するのみ！

しかしながら尚《な》ほ、どうしてそんなに悲しく、墓の前を立ち去ることができないだらう。我我は不運な芸術家で、あらゆる逆境に忍《しの》んで居る。我我は孤独に耐《た》へて、ただ後世にまで残さるべき、死後の名誉を考へてゐる。ただそれのみを考へてゐる。けれどもああ、人が墓場の中に葬《はうむ》られて、どうして自分を意識し得《う》るか。我我の一切《いつさい》は終《をは》つてしまふ。後世になつてみれば、墓場の上に花輪を捧《ささ》げ、数万の人が自分の名作を讃《たた》へるだらう。ああしかし！　だれがその時墓場の中で、自分の名誉を意識し得るか？　我我は生きねばならない。死後にも尚ほ且《か》つ、永遠に墓場の中で、生きて居なければならないのだ。

蕭条たる風雨の中で、さびしく永遠に黙しながら、無意味の土塊が実在して居る。何がこの下に、墓の下にあるだらう。我我はそれを知らない。これは墓である！　墓である！

海

海を越《こ》えて、人人は向《むか》うに「ある」ことを信じてゐる。島が、陸が、新世界が。しかしながら海は、一の広茫《くわうばう》とした眺《なが》めにすぎない。無限に、つかみどころがなく、単調で飽《あ》きつぽい景色を見る。

海の印象から、人人は早い疲労《ひらう》を感じてしまふ。浪《なみ》が引き、また寄せてくる反復から、人生の退屈《たいくつ》な日課を思ひ出す。そして日向《ひなた》の砂丘《さきう》に寝《ね》ころびながら、海を見てゐる心の隅《すみ》に、ある空漠《くうばく》たる、不満の苛《いら》だたしさを感じてくる。

　海は、人生の疲労を反映する。希望や、空想や、旅情やが、浪を越えて行くのではなく、空間の無限における地平線の切断から、限りなく単調になり、想像の棲《す》むべき山影《やまかげ》を消してしまふ。海には空想のひだがなく、見渡《わた》す限り、平板で、白昼《まひる》の太陽が及《およ》ぶ限り、その「現実」を照らしてゐる。海を見る心は空漠として味気《あじけ》がない。しかしながら物憂《う》き悲哀《ひあい》が、ふだんの浪音のやうに迫《せま》つてくる。

　海を越えて、人人は向うにあることを信じてゐる。島が、陸が、新世界が。けれども、ああ！　もし海に来て見れば、海は我我の疲労を反映する。過去の長き、厭《いと》はしき、無意味な生活の旅の疲《つか》れが、一時に漠然と現はれてくる。人人はげつそりとし、ものうくなり、空虚《くうきよ》なさびしい心を感じて、磯草《いそくさ》の枯《か》れる砂山の上にくづれてしまふ。

　人人は熱情から——恋《こひ》や、旅情や、ローマンスから——しばしば海へあこがれてくる。いかにひろびろとした、自由な明るい印象が、人人の眼《め》をひろくすることぞ！　しかしながらただ一瞬《いつしゆん》。そして夕方の疲労から、にはかに

ローマンス　現実にはめったにないような物語。

老衰《らうすい》してかへつて行く。

海の巨大な平面が、かく人の観念を正誤する。

初夏の歌

今は初夏！　人の認識の目を新しくせよ。我我もまた自然と共に青青しくならうとしてゐる。古きくすぼつた家を捨てて、渡《わた》り鳥の如《ごと》く自由になれよ。我我の過去の因襲《いんしふ》から、いはれなき人倫《じんりん》から、既《すで》に廃《すた》つてしまつた真理から、社会の愚《おろ》かな習俗《しふぞく》から、すべての朽《く》ちはてた執着《しふちやく》の縄《なは》を切らうぢやないか。

　青春よ！　我我もまた鳥のやうに飛ばうと思ふ。けれども聴《き》け！　だれがそこに隠《かく》れてゐるのか？　戸の影《かげ》に居《ゐ》て、啄木鳥《きつつき》のやうに叩《たた》くものはたれ？

ああ君は「反響《こだま》」か。老いたる幽霊《いうれい》よ！　認識の向《むか》うに去れ！

因襲　昔から伝わる古くさい習慣。
習俗　ある時代・社会のならわし。習慣や風俗。
啄木鳥　木にとまり幹を叩《たた》き、鋭《するど》い口ばしで中の虫を捕《ほ》食《しょく》する鳥。

父

父は永遠に悲壮《ひさう》である。

敵

敵は常に哄笑《こうせう》してゐる。さうでもなければ、何者の表象が怒《いか》らせるのか？

物質の感情

機械人間にもし感情があるとすれば？　無限の哀傷《あいしやう》のほかの何者でもない。

機械人間　現在でいうロボットのこと。
哀傷　124ページ注参照。

物体

私がもし物体であらうとも、神は再度朗《ほが》らかに笑ひはしない。ああ、琴《こと》の音《ね》が聴《きこ》えて来る。――小さな一つの倫理《モラル》が、喪失《さうしつ》してしまつたのだ。

自殺の恐《おそ》ろしさ

自殺そのものは恐ろしくない。自殺に就《つ》いて考へるのは、死の刹那《せつな》の苦痛でなくして、死の決行された瞬時《しゆんじ》に於《お》ける、取り返しのつかない悔恨《くわいこん》である。今、高層建築の五階の窓から、自分は正に飛び下りようと用意して居《ゐ》る。遺書も既《すで》に書き、一切《いつさい》の準備は終《をは》つた。さあ！　目を閉ぢて、飛べ！　そして自分は飛びおりた。最後の足が、遂《つひ》に窓を離《はな》れて、身体《からだ》が空中に投げ出され

倫理

朔太郎は、詩を生み出すような柔《やわ》らかでみずみずしい感情をしばしばこの語でさす。

た。

　だがその時、足が窓から離れた一瞬時《いつしゆんじ》、不意に別の思想が浮《うか》び、電光のやうに閃《ひら》めいた。その時始めて、自分ははつきりと生活の意義を知つたのである。何たる愚事《ぐじ》ぞ。決して、決して、自分は死を選ぶべきでなかつた。世界は明るく、前途《ぜんと》は希望に輝《かが》やいて居る。断じて自分は死にたくない。死にたくない。だがしかし、足は既《すで》に窓から離れ、身体は一直線に落下して居る。地下には固い鋪石《ほせき》。白いコンクリート。血に塗《ぬ》れた頭蓋骨《づがいこつ》！　避《さ》けられない決定！

　この幻想《げんさう》の恐ろしさから、私はいつも白布のやうに蒼《あを》ざめてしまふ。何物も、何物も、決してこれより恐ろしい空想はない。しかもこんな事実が、実際に有り得ないといふことは無いだらう。既に死んでしまつた自殺者等が、再度もし生きて口を利《き》いたら、おそらくこの実験を語るであらう。彼等《かれら》はすべて、墓場の中で悔恨してゐる幽霊《いうれい》である。百度も考へて恐ろしく、私は夢の中でさへ戦慄《せんりつ》する。

戦場での幻想《げんさう》

機関銃《きくわんじゆう》よりも悲しげに、繫留気球《けいりうききう》よりも憂鬱《いううつ》に、炸裂弾《さくれつだん》よりも残忍《ざんにん》に、毒瓦斯《がす》よりも沈痛《ちんつう》に、曳火弾《えいくわだん》よりも蒼白《あをじろ》く、大砲《たいはう》よりもロマンチックに、煙幕《えんまく》よりも寂《さび》しげに、銃火の白く閃《ひら》めくやうな詩が書きたい！

虫

或《あ》る詰《つま》らない何かの言葉が、時としては毛虫のやうに、脳裏《なうり》の中に意地わるくこびりついて、それの意味が見出《みいだ》される迄《まで》、執念《しふねん》深く苦しめるものである。或る日の午後、私は町を歩きながら、ふと「鉄筋コンクリート」といふ言葉を口に浮《うか》べた。何故《なにゆゑ》にそんな言葉が、私の心に浮《うか》んだのか、まるで理由

繫留気球　空中に静止している気球。観測が主な目的とされている。
曳火弾　弾底から火を放ちながら飛び、弾道がわかるようにした砲弾《ほうだん》。

がわからなかつた。だがその言葉の意味の中に、何か常識の理解し得ない、或る幽幻《いうげん》な哲理《てつり》の謎《なぞ》が、神秘に隠《かく》されてゐるやうに思はれた。それは夢の中の記憶《きおく》のやうに、意識の背後にかくされて居り、縹渺《へうべう》として捉《とら》へがたく、そのくせすぐ目の前にも、捉《を》へることができるやうに思はれた。何かの忘れたことを思ひ出す時、それがつい近くまで来て居《ゐ》ながら、容易に思ひ出せない時のあの焦燥《せうさう》。多くの人人が、たれも経験するところの、あの苛苛《いらいら》した執念の焦燥が、その時以来憑《つ》きまとつて、絶えず私を苦しくした。家に居る時も、外に居る時も、不断に私はそれを考へ、この詰《つま》らない、解《わか》りきつた言葉の背後にひそんでゐる、或る神秘なイメーヂの謎を摸索《もさく》して居た。その憑き物のやうな言葉は、いつも私の耳元で囁《ささや》いて居た。悪いことにはまた、それには強い韻律《ゐんりつ》的の調子があり、一度おぼえた詩語のやうに、意地わるく忘れることができないのだ。「テツ、キン、コン」と、それは三シラブルの押韻《あふゐん》をし、最後に長く「クリート」と曳《ひ》くのであつた。その神秘的な意味を解かうとして、私は偏執狂者《へんしつきやうしや》のやうになつてしまつた。明らかにそれは、一つの強迫《きやうはく》観念にちがひなかつた。私は神経衰弱症《すいじやくしやう》にかかつて居たのだ。

幽玄な哲理
　深みのある哲学的真理。

縹渺
　かすかで、消えやすいこと。

憑き物
　人にのりうつる霊魂《れいこん》。もののけ。

シラブル
　言葉の音節。

押韻
　韻をふむこと。

強迫観念
　考えまいとしても頭にこびりついてくる考え。

神経衰弱症
　ノイローゼなどの神経症の総称《そうしょう》。

或る日、電車の中で、それを考へつめてる時、ふと隣席《りんせき》の人の会話を聞いた。

「そりや君。駄目《だめ》だよ。木造ではね。」

「やつぱり鉄筋コンクリートかな。」

二人づれの洋服紳士《しんし》は、たしかに何所《どこ》かの技師であり、建築のことを話して居たのだ。だが私には、その他の会話は聞《きこ》えなかつた。ただその単語だけが耳に入つた。「鉄筋コンクリート！」

私は跳《と》びあがるやうなショックを感じた。さうだ。この人たちに聞いてやれ。彼等《かれら》は何でも知つてるのだ。機会を逸《いつ》するな。大胆《だいたん》にやれ。と自分の心をはげましながら
「その……ちよいと……失礼ですが……。」

と私は思ひ切つて話しかけた。

「その……鉄筋コンクリート……ですな。エエ……それはですな。それはつまり、どういふわけですかな。エエそのつまり言葉の意味……といふのはその、つまり形而上《けいじじやう》の意味……僕《ぼく》はその、哲学《てつがく》のことを言つてるのですが

……。」

私は妙《めう》に舌がどもつて、自分の意志を表現することが不可能だつた。自分自身には解つて居ながら、人に説明することができないのだつた。隣席の紳士は、吃驚《びつくり》したやうな表情をして、私の顔を正面から見つめて居た。私が何事をしやべつて居るのか、意味が全《まる》で解らなかつたのである。それから隣《となり》の連《つれ》を顧《かへり》み、気味悪さうに目を見合《あは》せ、急にすつかり黙《だま》つてしまつた。私はテレかくしにニヤニヤ笑つた。次の停車場についた時、二人の紳士は大急ぎで席を立ち、逃《に》げるやうにして降りて行つた。

到頭《たうとう》或る日、私はたまりかねて友人の所へ出かけて行つた。部屋に入ると同時に、私はいきなり質問した。

「鉄筋コンクリートつて、君、何のことだ。」

友は呆気《あつけ》にとられながら、私の顔をぼんやり見詰《みつ》めた。私の顔は岩礁《がんせう》のやうに緊張《きんちやう》して居た。

「何だい君。」

と、半ば笑ひながら友が答へた。

岩礁　海水中に隠《かく》れている岩。

「そりや君。中の骨組を鉄筋にして、コンクリート建てにした家のことぢやないか。それが何《ど》うしたつてんだ。一体。」

「ちがふ。僕はそれを聞いてるのぢやないんだ。」

と、不平を色に現はして私が言つた。

「それの意味なんだ。僕の聞くのはね。つまり、その……。その言葉の意味……表象……イメーヂ……。つまりその、言語のメタフイヂツクな暗号。寓《ぐう》意《い》。その秘密。……解るね。つまりその、隠《かく》されたパズル。本当の意味なのだ。本当の意味なのだ。」

この本当の意味と言ふ語に、私は特に力を入れて、幾度《いくど》も幾度も繰返《くりかへ》した。友はすつかり呆気に取られて、放心者のやうに口を開きながら、私の顔ばかり視《み》つめて居た。私はまた繰返して、幾度もしつツこく質問した。だが友は何事も答へなかつた。そして故意に話題を転じ、笑談に紛《まぎ》らさうと努め出した。私はムキになつて腹が立つた。人がこれほど真面目《まじめ》になつて、熱心に聞いてる重大事を、笑談に紛らすとは何の事だ。たしかに、此奴《こやつ》は自分で知つてるにちがひないのだ。ちやんとその秘密を知つてゐながら、私に教へま

メタフイヂツクな　形而上学的《けいじじょうがく》な。言葉の背後にひそんでいる。
寓意　何かに仄《ほの》めかされた意味。
笑談　冗談《じょうだん》に同じ。

いとして、わざと薄《うす》とぼけて居るにちがひないのだ。否《いな》、この友人ばかりではない。いつか電車の中で逢《あ》つた男も、私の周囲に居る人たちも、だれも皆《みな》知つてるのだ。知つて私に意地わるく教へないのだ。

「ざまあ見やがれ。此奴等《こやつら》！」

私は心の中で友を罵《ののし》り、それから私の知つてる範囲《はんゐ》の、あらゆる人人に対して敵愾《てきがい》した。何故に人人が、こんなにも意地わるく私にするのか。それが不可解でもあるし、口惜《くちを》しくもあつた。

だがしかし、私が友の家を跳び出した時、ふいに全く思ひがけなく、その憑き物のやうな言葉の意味が、急に明るく、霊感《れいかん》のやうに閃《ひら》めいた。

「虫だ！」

私は思はず声に叫《さけ》んだ。虫！　鉄筋コンクリートといふ言葉が、秘密に表象してゐる謎の意味は、実にその単純なイメーヂにすぎなかつたのだ。それが何故に虫であるかは、此所《ここ》に説明する必要はない。或る人人にとつて、牡《か》蠣《き》の表象が女の肉体であると同じやうに、私自身にすつかり解りきつたことなのである。私は声をあげて明るく笑つた。それから両手を高く上げ、鳥の

敵愾　敵に対して怒《いか》りを燃やすこと。

飛ぶやうな形をして、嬉《うれ》しさうに叫びながら、町の通りを一散に走り出した。

虚無《きよむ》の歌

我《わ》れは何物をも喪失《さうしつ》せず
また一切《いつさい》を失ひ尽《つく》せり。「氷島」

午後の三時。広漠《くわうばく》とした広間《ホール》の中で、私はひとり麦酒《ビール》を飲んでた。だれも外に客がなく、物の動く影《かげ》さへもない。煖炉《ストーブ》は明るく燃え、扉《ドア》の厚い硝子《ガラス》を通して、晩秋の光が佗《わび》しく射《さ》してた。白いコンクリートの床《ゆか》、所在のない食卓《テーブル》、脚《あし》の細い椅子《いす》の数数。

ヱビス橋の側《そば》に近く、此所《ここ》の佗しいビヤホールに来て、私は何を待つてるのだらう？　恋人《こひびと》でもなく、熱情でもなく、希望でもなく、好運でもない。私はかつて年が若く、一切のものを欲情した。そして今既《すで》に老いて疲《つか》れ、一切のものを喪失した。私は孤独《こどく》の椅子を探して、都会の街街を放浪《はうらう》して来た。

そして最後に、自分の求めてるものを知つた。一杯《いつぱい》の冷たい麦酒と、雲を見てゐる自由の時間！　昔の日から今日の日まで、私の求めたものはそれだけだつた。

かつて私は、精神のことを考へてゐた。夢みる一つの意志。モラルの体熱。考へる葦《あし》のをののき。無限への思慕《しぼ》。エロスへの切ない祈禱《きたう》。そして、ああそれが「精神」といふ名で呼ばれた、私の失はれた追憶だつた。かつて私は、肉体のことを考へて居《ゐ》た。物質と細胞《さいばう》とで組織され、食慾《しよくよく》し、生殖《せいしよく》し、不断にそれの解体を強《し》ひるところの、無機物に対して抗争《かうさう》しながら、悲壮《ひさう》に悩《なや》んで生き長らへ、貝のやうに呼吸してゐる悲しい物を。肉体！　ああそれも私に遠く、過去の追憶《ついおく》にならうとしてゐる。私は老い、肉慾することの熱を無くした。墓と、石と、蟾蜍《ひきがへる》とが、地下で私を待つてるのだ。

ホールの庭には桐《きり》の木が生え、落葉が地面に散らばつて居た。その板塀《いたべい》で囲まれた庭の彼方《かなた》、倉庫の並ぶ空地の前を、黒い人影《ひとかげ》が通つて行く。空には煤煙《ばいえん》が微《かす》かに浮《うか》び、子供の群集する遠い声が、夢のやうに聞《きこ》えて来る。広い、がらんとした広間の隅《すみ》で、小鳥が時時囀《さへづ》つて居た。ヱビス橋の側に近く、晩

エロス
愛。純な友情および真善美への努力の象徴《しようちよう》。

煤煙
51ページ注参照。

秋の日の午後三時。コンクリートの白つぽい床《ゆか》、所在のない食卓、脚の細い椅子の数数。

ああ神よ！　もう取《とり》返す術《すべ》もない。私は一切を失ひ尽《つく》した。けれどもただ、ああ何といふ楽しさだらう。私はそれを信じたいのだ。私が生き、そして「有る」ことを信じたいのだ。永久に一つの「無」が、自分に有ることを信じたいのだ。神よ！　それを信ぜしめよ。私の空洞《うつろ》な最後の日に。

今や、かくして私は、過去に何物をも喪失せず、現に何物をも失はなかつた。私は喪心者のやうに空を見ながら、自分の幸福に満足して、今日も昨日も、ひとりで閑雅《かんが》な麦酒を飲んでる。虚無よ！　雲よ！　人生よ。

この手に限るよ

目が醒《さ》めてから考へれば、実に馬鹿馬鹿《ばかばか》しくつまらぬことが、夢の中では勿体《もつたい》らしく、さも重大の真理や発見のやうに思はれるのである。私はかつて

勿体らしく　たいそう立派なもののように。

夢の中で、数人の友だちと一緒《いつしよ》に、町の或《あ》る小綺麗《こぎれい》な喫茶店《きつさてん》に入つた。そこの給仕女に一人の悧発《りはつ》さうな顔をした、たいそう愛くるしい少女が居《ゐ》た。どうにかして、皆《みな》はそのメッチエンと懇意《こんい》になり、自分に手なづけようと焦燥《せうさう》した。そこで私が、一つのすばらしいことを思ひついた。少女の見て居《ゐ》る前で、私は角砂糖の一つを壺《つぼ》から出した。それから充分《じゆうぶん》に落着いて、さも勿体らしく、意味ありげの手付をして、それを紅茶の中へそつと落《おと》した。

熱い煮《に》えたつた紅茶の中で、見る見る砂糖は解けて行つた。そして小さな細かい気泡《きはう》が、茶碗《ちやわん》の表面に浮《うか》びあがり、やがて周囲の辺《へり》に寄り集《あつま》つた。その時私はまた一つの角砂糖を壺から出した。そして前と同じやうに、気取つた勿体らしい手付をしながら、そつと茶碗へ落し込《こ》んだ。（その時私は、いかに自分の手際《てぎは》が鮮《あざ》やかで、巴里《パリー》の伊達者《だてもの》がやる以上に、スマートで上品な挙動に適《かな》つたかを、自分で意識して得意でゐた。）茶碗の底から、再度また気泡が浮び上つた。そして暫《しば》らく、真中《まんなか》にかたまり合つて踊《おど》りながら、さつと別れて茶碗の辺に吸ひついて行つた。それは丁度《ちやうど》、よく訓練された団体遊戯《マスゲーム》が、号令によつて、行動するやうに見えた。

メッチエン
ドイツ語で「少女・娘《むすめ》」の意味。

伊達者
気取った洒落《しやれ》者。

団体遊戯
スタジアムなどで号令により大人数で規則的に動く体操・ダンス。

「どうだ。すばらしいだらう！」

と私が言つた。

「まあ。素敵《すてき》ね！」

と、じつと見て居たその少女が、感嘆《かんたん》おく能《あた》はざる調子で言つた。

「これ、本当の芸術だわ。まあ素敵ね。貴方《あなた》。何て名前の方なの？」

そして私の顔を見詰《みつ》め、絶対無上の尊敬と愛慕《あいぼ》をこめて、その長い睫毛《まつげ》をしばだたいた。是非《ぜひ》また来てくれと懇望《こんまう》した。私にしばしば逢《あ》つて、いろいろ話が聞きたいからとも言つた。

私はすつかり得意になつた。そして我ながら自分の思ひ付《つき》に感心した。こんなすばらしいことを、何故《なぜ》もつと早く考へつかなかつたらうと不思議に思つた。これさへやれば、どんな女でも造作《ざうさ》なく、自分の自由に手なづけることができるのである。かつて何人《なんぴと》も知らなかつた、これ程《ほど》の大発明を、自分が独創で考へたといふことほど、得意を感じさせることはなかつた。そこで私は、茫然《ばうぜん》としてゐる友人等《ら》の方をふり返つて、さも誇《ほこ》らしく、大得意になつて言つた。

懇望　心からねがうこと。
造作なく　簡単に。
手なづける　自分に夢中にさせる、仲よくなる、くらいの意味。

「女の子を手なづけるにはね、君。この手に限るんだよ。この手にね。」

そこで夢から醒めた。そして自分のやつたことの馬鹿馬鹿しさを、あまりの可笑《おか》しさに吹《ふ》き出してしまつた。だが「この手に限るよ。」と言つた自分の言葉が、いつ迄《まで》も耳に残つて忘られなかつた。

「この手に限るよ。」

その夢の中の私の言葉が、今でも時時聞《きこ》える時、私は可笑しさに転がりながら、自分の中の何所《どこ》かに住んでる、或る「馬鹿者《フール》」の正体を考へるのである。

参考作品

金属種子（柿《かき》の種事件）

ある寂《さび》しい野原の中に思ひもよらぬ大きな工場が立つてゐた。月のない晩は、まつくらの曠野《くわうや》の中で、工場の窓をもれる灯火がその内部の不思議な歓《くわん》楽《らく》を語るやうに思はれた。工場の中では終日終夜機械がガチヤガチヤと鳴つてゐた。怪物《くわいぶつ》のやうな鉄の車や途方《とはう》もなく幅《はば》の広い調革《しらべかは》が天井《てんじやう》裏から床下《ゆかした》をぐるぐると廻《まは》つてゐた。溶解竈《ようかいがま》には地獄《ぢごく》のやうに火が紅々《あかあか》ともえあがつてゐた。そして無数の職工が不思議な機械と機械との間を忙《いそ》がしさうに走つてゐた。けれども奇体《きたい》なことには何人もこの工場の目的を知らなかつた。

工場の窓は密閉されて、その門にはいつもカンヌキがかかつてゐた。長い年月の間、人つ子一人その門に近づいたものはなかつた。が、また門から外へ出た謎《なぞ》の一人の職工の姿をも見たものはなかつた。

町の人人は勝手にほしいままの推察をした。あるものは最も確適な事実と

歓楽　よろこび楽しむこと。

調革　機械のベルト。

職工　工場従業員。

奇体　不思議。

ほしいまま　自分の思うとおりにふるまう様子。

して政府が秘密に軍器を製造してゐるのだと言つた。あるものはもつと荒唐《くわうたう》無稽《むけい》な、そのくせさももつともらしい惨忍《ざんにん》な空想を語り合つた。けれども、内部の実情を実見した人の説によると、事実は何にも製《な》造してゐないといふことであつた。そして毎日毎夜無意味の機械が廻転《くわいてん》してゐる。鎔炉《ようろ》には盛んに火がもえてゐる。職工が忙がしげにとび廻つてゐる。一体、これはどうしたといふことなのであらう。併《しか》し、事実は皆《みな》がまちがつてゐた。

事実は――この大仕掛《おほじかけ》の工場の目的は、一粒《ひとつぶ》の小さな柿の種を製造することであつた。その仕方は、先《ま》づ一粒の柿の種をとつてそれを機械で粉々にひきくだいて、更《さら》にその粉末を驚《おどろ》くべき電気機械の圧力にかけて、以前のやうに組みあげることであつた。この計画は、ほんの僅《わず》かばかりの不注意から幾《いく》度《ど》も幾度も失敗した。そして最後に成功した。

怪物のやうな機械の下から、小さな美しい、いま出来あがつたばかりの柿の種がひよつこりと跳《と》び出してきた。それは外観上ではどこからどこまで本物の――砕《くだ》かない以前の――柿の種と寸分のちがひもなかつた。種は技師長の手に渡《わた》された。そこでは更に、その核《かく》と乳質と表皮とについて細密な比重表が作られた。各《おのおの》の細胞《さいばう》と細胞との位置の関係、及《およ》びその密接する相互間《さうご》の圧力、空気、熱等について、結果は完全無欠であつた。

そこで種は園丁《えんてい》の手に渡された。年老《と》つた園丁は双手《もろて》で柿の種を押《お》しいただいた。そして何か非常に重たい金属でも取り扱《あつか》ふやうに、それをもち運んだ。

工場の庭には一本の瘠《や》せた桐《きり》の木が立つてゐた。凡《すべ》ての技師や職工たちがその下に集まつてゐた。そして博士たちの監督《かんとく》の下に、最も注意深く土が掘《ほ》られ、そしてその上に種が蒔《ま》かれた。種は愛らしい形をして艶々《つやつや》とした黄金《こがね》色の光沢《くわうたく》を放つてゐた。

毎日毎日、一定の時刻に園丁は肥料をほどこした。毎日毎日人々は樹《き》の下に集まつて一心不乱に地面の一か所を凝視《ぎようし》してゐた。毎日毎日少しづつその辺の土がもりあがつてくるやうに皆《みな》には思はれた。博士たちは最も自信のある微笑《びせう》で「今度こそ大丈夫《だいぢやうぶ》だ」といつた。

けれどもこの問題についてては、彼等《かれら》よりももつと真剣《しんけん》になつて気をもんでゐる人間がゐた。それはこの附近《ふきん》の寺に住んでゐた坊《ばう》さんであつた。彼がこ

園丁　庭師。

坊さん・坊主　この場合はキリスト教の教会関係者をさす。

の噂《うはさ》を聴《き》いたとき、始めの中《うち》は心の中であざ笑つてゐた。「人間といふ奴《やつ》は馬鹿《ばか》のもので、誠《まこと》に……。」さういつてこの話を説教の中に加へたほどであつた。所が、次第《しだい》に彼は笑つてばかりゐられなくなつてきた。それは最近の試験によつて種がいよいよ完全に出来あがつたといふことを知つたのである。しかも、その人工種子は既《すで》に蒔かれて、今や事実として芽が出かかつてゐるといふことである。坊主《ばうず》が何よりも癪《しやく》にさはつてゐることは、無謀《むぼう》に近い人間の僣越《せんえつ》であつた。神を神とも思はない不信者共の悪魔《あくま》的の思想であつた。しかし、それよりも最も悲観することは、彼自身の生活の保証を失ふことについての気苦労であつた。柿の種子を人工で作つた人間は、その同じやり方で今度は羊と鶏《にはとり》を作るにちがひない。そして三度目にはもちろん人間を製造するにちがひない。そして疑ひなくそれが彼等の最後の目的である。「人間が人間を製造する、何といふ不都合なことであらう」と彼は思つた。凡《およ》そ人間の犯す罪の中でこれ以上、神に対する冒瀆《ぼうとく》はない筈《はず》である。

あまつさへ、この計画の成功したあかつきには、人間はもはや永久に死ぬことがない筈である。何となれば、人間それ自身が「生命の鍵《かぎ》」をにぎつた造物主であるから。彼はもはや何物をも恐《おそ》れない。いつでも好きな時に死に、好きな時にまた活《い》きかへつてくることもできる。

言う迄《まで》もなく、此《こ》の時代に於《お》いていちばん先に困るのは僧侶《そうりよ》である。よしんば此の時代はまだ近くは来ないとしても、「いつかはそれがくる」といふ可能性が発見されたその最初の日に於て、既《すで》に宗教は社会から完全に追放されてしまふ運命をもつてゐる。そして僧侶は彼《かれ》の唯一《ゆいいつ》の生活の糧《かて》であるその職業を失はなければならない。

人工種子の成功「柿の種事件」について彼のもつぱら心痛したのはこの点であつた。もし人工種子の芽生《めばえ》が一寸《ちょっと》でも地上から頭を出したとしたら、その呪《のろ》ふべき日を限りとして、彼等《ら》の仲間はその本尊《ほんぞん》の神と共に永久に寺を追ひ出されなければならない。きくも忌《いま》はしき衆人の嘲笑《ていせう》を後《うしろ》にあびながら。「神よ、どうかあの柿の種子の芽生が生えませんやうに、どうかあの悪魔《あくま》たちの陰謀《いんぼう》が成功しませんやうに。」彼の祈《いの》りはかうであつた。

一方、工場の庭の隅《すみ》には相変《かは》らず瘠せた桐の木が生えてゐた。そして相変らず人人はその木の下に群集してゐた。無数の熱した視線が地面のある一角に集中されてゐた。もし何かの加減で、そのへんの泥土《どろつち》が一分《ぶ》一厘《りん》でも動いたら、それこそ彼等の間にどんな大騒《おほさわ》ぎが始まるかも分《わか》らないのである。皆《みな》はそれを期待してゐた。

しかしあいにく世間は静まりかへつてゐた。長い長い沈黙《ちんもく》と退屈《たいくつ》の時間がつづいてゐた。そして地面の下では金属性の柿の種子が眠《ねむ》つてゐた。しづかに、しづかに何ごとの騒《さわ》ぎも知らずに、はれ渡つた秋の青空。

ああ、これは何といふしづかな、不思議な人間の夢であらう。はれわたつた秋の日の青空の下でみる。

軍隊

通行する軍隊の印象

この重量のある機械は
地面をどつしりと圧《おさ》へつける

地面は強く踏《ふ》みつけられ
反動し
濛濛《もうもう》とする埃《ほこり》をたてる。
この日中を通つてゐる
巨重の逞《たく》ましい機械をみよ
黝鉄《いうてつ》の油ぎつた
ものすごい頑固《がんこ》な巨体《きよたい》だ
地面をどつしりと圧《おさ》へつける
巨《おほ》きな集団の動力機械だ。
　づしり、づしり、ばたり、ばたり
ざつく、ざつく、ざつく、ざつく。

この兇逞《きようてい》な機械の行くところ
どこでも風景は褪色《たいしよく》し
黄色くなり

濛濛　埃が舞《ま》う様子。
黝鉄　はがねのこと。
兇逞　まがまがしく、ふてぶてしいこと。

日は空に沈鬱《ちんうつ》して
意志は重たく圧倒《あつたう》される。
づしり、づしり、ばたり、ばたり
お一、二、お一、二。

お　この重圧する
おほきなまつ黒の集団
浪《なみ》の押《お》しかへしてくるやうに
重油の濁《にご》つた流れの中を
熱した銃身《じゆうしん》の列が通る
無数の疲《つか》れた顔が通る。
ざつく、ざつく、ざつく、ざつく
お一、二、お一、二。

暗澹《あんたん》とした空の下を

重たい鋼鉄《かうてつ》の機械が通る
無数の拡大した瞳孔《ひとみ》が通る
それらの瞳孔は熱にひらいて
黄色い風景の恐怖《きようふ》のかげに
空《むな》しく力なく彷徨《はうくわう》する。
疲労《ひらう》し
困憊《こんぱい》し
幻惑《げんわく》する。

　お一、二、お一、二
　　歩調取れえ！

お　このおびただしい瞳孔《どうこう》
埃の低迷《ていめい》する道路の上に
かれらは憂鬱《いううつ》の日ざしをみる
ま白い幻像《げんざう》の市街をみる

感情の暗く幽囚《いうしう》された。
　づしり、づしり、づたり、づたり
　ざつく、ざつく、ざつく、ざつく。

いま日中を通行する
黝鉄の凄《すご》く油ぎつた
巨重の逞ましい機械をみよ
この兇逞な機械の踏《ふ》み行くところ
どこでも風景は褪色し
空気は黄ばみ
意志は重たく圧倒される。
　づしり、づしり、づたり、づたり
　づしり、どたり、ばたり、ばたり。
　お一、二、お一、二。

南京陥落《ナンキンかんらく》の日に

歳《とし》まさに暮れんとして
兵士の銃剣《じゆうけん》は白く光れり。
軍旅の暦《こよみ》は夏秋《かしう》をすぎ
ゆうべ上海《シヤンハイ》を抜《ぬ》いて百千キロ。
わが行軍の日は憩《いこ》はず
人馬《じんば》先に争ひ走りて
輜重《しちよう》は泥濘《でいねい》の道に続けり。
ああこの曠野《くわうや》に戦ふもの
ちかつて皆生帰《みなせいき》を期せず
鉄兜《てつかぶと》きて日に焼けたり。

南京
中国揚子江《ようすこう》南岸の都市。日中戦争での激戦区の一つ。

陥落
都市などが敵軍に攻《せ》め滅《ほろ》ぼされること。

上海
中国揚子江の河口近くにある大都市。貿易・商工業の中心地。

輜重
軍隊の荷物運搬《うんぱん》車《しゃ》。運搬にあたる部隊のことも

天寒く日は凍《こほ》り
歳まさに暮れんとして
南京ここに陥落す。
あげよ我等《われら》の日章旗
人みな愁眉《しうび》をひらくの時
わが戦勝を決定して
よろしく万歳《ばんざい》を祝ふべし。
よろしく万歳を叫《さけ》ぶべし。

いう。
泥濘　ぬかるみ。
生帰を期せず　生きて帰ることを期待しない。
鉄兜　軍隊のヘルメット。
愁眉をひらく　心配していたことがよいほうに変わって安心する。
よろしく〜べし　ぜひとも〜べきである。

解説

堤《つつみ》　玄《げん》　太《た》

言葉の魔術師《まじゅつし》　萩原朔太郎《はぎわらさくたろう》

もし、諸君《しょくん》の手元に辞書や文学史の本があれば、萩原朔太郎の項目《こうもく》を開いてほしい。どの本にもだいたい次のように書いてあるのではないだろうか。「近代日本を代表する詩人であり、詩集『月に吠《ほ》える』『青猫《あおねこ》』が有名である……」と。彼《かれ》がここまで重要視されているのはなぜなのだろうか？

それは、これらの詩集にはそれまでの詩人たちがどうしても作れなかった《しゃべるような言葉で自由に書いた》作品が多く収録されているからなのである。このスタイルの詩を専門用語では〈口語自由詩〉という。例えば本書の「猫」「群衆の中を求めて歩く」を見てみよう。ここで使われている言葉は現代の私たちから見てもそれほど古くさい印象は受けないのではないだろうか。萩原朔太郎は、明治時代までの古語で書くことが常識だった日本の詩を、より現代的にカジュアルな言葉で表現することに成功した詩人だったのである。〈近代詩の創始者の一人〉などと呼ばれる理由はそこにある。しかも、口語自由詩以外にも多彩《たさい》な作品を生み出している。「こころ」「金魚」といった柔《やわ》らかで雅《みやび》な古語を使った作品、激しい感情をたたきつけるように漢文言葉で書いた「公園の椅子《いす》」「漂泊《へうはく》者の歌」、はたまた、とうとうと語る「死なない蛸《たこ》」「虚無《きよむ》の歌」などの散文詩、そして呟《つぶや》きを凝縮《ぎょうしゅく》したような「鏡」「国境」といった作品などなど縦横無尽《じゅうおうむじん》に言葉を操《あやつ》る様子がうかがえる。まさに〈言葉の魔術師〉といってしまってよいだろう。

これより各作品集を順に解説しつつ、彼の〈魔術〉の魅力《みりょく》に迫《せま》ってみることにしたい。

詩集『月に吠える』まで

いま、朔太郎の代表詩集は『月に吠える』だと説明したのだが、実際にはそれ以前にも作品を残している。本書冒頭《ぼうとう》の「初期詩篇《へん》」と「愛憐《あいれん》詩篇」の二つの章に集めた詩群は朔太郎が一九一七（大正六）年『月に吠える』でブレイクする前のものである。詩作品というものは最初に雑誌に単発で発表されたあと、詩集に収録される場合が多い（現代のCDシングルとアルバムの関係と似たイメージと考えるとよいだろう）。これらの詩群も朔太郎地元の「上毛新聞」や個人雑誌「感情」などに発表されたのであるが、それがすぐに詩集としてまとめられることはなかった。確かにこれらは『月に吠える』収録の作品と比べると、朔太郎独自の個性が輝《かがや》いているとは言い難《がた》い（当時は親友の室生犀星《むろうさいせい》など多くの詩人たちも似た作風の詩を作っていた）。が、だからといってこの作品群が不出来なものだと言うのは早計である。個人歌集『ソライロノハナ』冒頭に飾《かざ》られた「空色の花」にせよ、冬の岸辺でふと浮《う》かんだのであろう「小春」にせよ、シンプルでうたうような口調の中に妙《みょう》に印象に残る味わいが感じられる。これらの初期作品のうちのいくつかは「『愛憐詩篇《あいれんしへん》』」という名がつけられ後年発表の『純情小曲集』に収録された。詩人自ら「愛憐」と名づけていることから、『月に吠《ほ》える』前の作品群にも朔太郎は思い入れが深かったことがわかる。さきの比喩《ひゆ》を続けるとすれば、これらの作品群は、後にメジャーになったアーティストのインディーズ時代の作品群のようなものなのかもしれない。

詩集『月に吠える』の反響

この章では詩集『月に吠える』から作品を選択《せんたく》した（末尾の「酒場にあつまる」は未収録だが同時期のもの）。この詩集は各方面に衝撃《しょうげき》を与《あた》えた。詩人であり童謡《どうよう》作家でもあった西条八十《さいじょうやそ》は、現代語を自由自在に駆使《くし》する朔太郎の能力を高く評価した。それまでの常識では日常の喋《しゃべ》り言葉は「不統一でだらけ」ている（西条）ため、詩作品で繊細《せんさい》な感情や心象風景などを表現できるなどとは誰《だれ》も考えてもいなかったのである。詩人西脇順三郎《にしわきじゅんざぶろう》も、（欧米《おうべい》の詩集ばかりを読んでいた自分が）この詩集に出会って「日本語で書いた詩にはじめて興味を覚えた」と告白している。前章に収録された作品のような五音七音（短歌や俳句風の語調）で歌われてもおらず古典文学のような文語で書かれてもいないというところがこの作品群の新しさだったのである。また朔太郎は序文で詩というものを「ふだんに持っている所のある種の感情が、電流体の如《ごと》きのものに触《ふ》れ」ると初めて言葉のリズムとして現れるものと説明している。まるで神様が降りてくるように無意識に頭の中に広がるイメージや感覚が言葉として自然に流れ出したものが詩である、というのだ。この発言は特に前半部の作品（「地面の底の病気の顔」から「ばくてりやの世界」まで）を読む時のヒントとなるだろう。例えば「竹」の詩で展開する「光る地面」に「竹」が生える風景。この映像が生まれた本当の理由は実は朔太郎にもよくはわからない。しかし彼《かれ》には痛いほどまっすぐに伸びる青竹の幻《まぼろし》がありありと見えたということだけは確かなのである。だから私たち読者も、意味を理屈《りくつ》で深く考える前にその映像を各自で想像することから始めてみよう。沼《ぬま》に沈《しず》む「亀《かめ》」も「殺人事件」を捜査《そうさ》する「探偵《たんてい》」も、蠢《うごめ》く「ばくてりや」も、ふと詩人の内部にイメージが湧《わ》き彼はそれを追いかけるように言葉を紡《つむ》いでいったということなのである。なお、興味のある人は図書館などで筑摩書房《ちくましょぼう》刊『萩原朔太郎全集』を開いてみることもお勧《すす》めする。未発表ノートとして詩の下書きが掲載《けいさい》されており、詩人が言葉を組み立て、一つの詩を作り上げる現場の跡《あと》を見ることができるだろう。

ところで読者諸君《しょくん》の中には『月に吠える』の詩群をグロテスクに感じ、たじろいでしまった人もいるかもしれない。特に『月に吠える』前半部には、人の心の内部の痛みをそのままつかみ出したような作品が多いためなおさらだろう。現在の私たちがそう感じるのであるから、百年近く前の当時の読者の衝撃《しょうげき》は想像するに余りある。なかでも、草原での恋人《こいびと》との熱い抱擁《ほうよう》を描《えが》く「愛憐」、女性に憧《あこが》れる余りに詩人の感情が倒錯《とうさく》的な世界にまで吹《ふ》っ飛んでしまった「恋を恋する人」の二篇《へん》は発表当時も問題となり、当局から削除《さくじょ》命令が下される事件にまで発展する。詩人仲間から喝采《かっさい》を浴びる一方で発禁騒《さわ》ぎまで起こした詩集『月に吠《ほ》える』はいずれにせよ相当センセーショナルなものであったことは間違《まちが》いない。

口語自由詩の決定版『青猫《あおねこ》』

詩集『青猫』は一九二三（大正十二）年に刊行された。収録作品の一つ「青猫」は都会への憧《あこが》れを歌い、希望を感じさせる作品であるがこれは詩集全体のカラーからみると異色に近い。詩集表題の『青猫』の語源を朔太郎は序文で〈blue-cat〉だと説明している。《希望》と反対の《物憂《ものう》い猫》という語の方がこの章の作品群を的確に表現しているだろう。全体を一読して、どんよりとした薄《はく》暮《ぼ》をイメージさせる暗さと、そこはかとなく漂《ただよ》う懐《なつか》しさを感じ取った読者も多かったのではないだろうか。朔太郎はこの暗さを「感覚的鬱憂性《うつゆう》」と名づけ、この懐かしいような感覚については「春の夜に聴く横笛のひびき」のような「遠い実在への涙《なみだ》ぐましいあこがれ」と表現している。この傾向《けいこう》は『月に吠える』末期の「さびしい人格」以降の作品群より現れはじめ、後の詩集『蝶《てふ》を夢む』『萩原朔太郎詩集』（『青猫』と同時期に雑誌発表したものが収録）作品群にも連続している。朔太郎の独自の個性がここで完全に開花したといってよい。疲《つか》れた感情、愛情を求める孤独《こどく》な気持ち、人生への懐疑《かいぎ》、ここではないどこかへの憧れ……。こういった感情を彼《かれ》はそれまでと同じく口語（＝しゃべるような言葉）で表現した。口語は、あらたまった文章語よりも柔《やわ》らかく、既《すで》に使われていたような古語よりも日常的で、親しみを読者に与える。朔太郎の意識にあった〈理由のない寂《さび》しさ〉を読者に自然に伝えるにはまさにうってつけの言語であったわけである。またここの章の作品群には多くの擬音《ぎおん》語が効果的に使われていることも見逃《のが》せない。蝿《はえ》の羽音〝ぶむ　ぶむ　ぶむ〟（「薄暮の部屋」）、蝶《ちょう》の羽ばたき〝てふ　てふ　てふ〟（「恐《おそ》ろしく憂鬱《ゆういつ》なる」）、「鶏《にはとり》」は〝とうてくう　とうるもう　とうるもう〟と鳴くし、「遺伝」の犬は〝のをあある　とをあある　やわあ〟と遠吠えをする。形にとらわれず言葉を自在に使うことで読者はリアルな感情世界に引きずり込《こ》まれる。かくして朔太郎は『青猫』で口語自由詩を完成させたと評価されるに至ったのである。

「郷土望景詩」について

一九二五（大正一四）年に発表された『純情小曲集』は二部構成となっている。冒頭《ぼうとう》には、（既に触《ふ》れたように）初期作品群が「愛憐《あいれん》詩篇」としておさめられ、メインは「郷土望景詩」という名の作品群となっている。この作品は、ふるさと前橋で少年時代から抱《いだ》いていた疎外《そがい》感、故郷の人々に対する愛憎《あいぞう》半ばした感情を「詠嘆《えいたん》的文語調」（＝この場合は漢文的な口調といってよい）で歌い切ったものである。「郷土望景詩」で気がつくところは朔太郎の作風がそれまでの柔らかい口語体から堅《かた》い漢文体に変化したという点である。例えば「われは狼《おほかみ》のごとく飢《う》ゑたり／しきりに欄干《らんかん》にすがりて歯を嚙《か》めども／せんかたなしや……」（「大渡橋《おほわたり》」）というフレーズ。もし『青猫』期の朔太郎ならば「私は狼のように飢えています／強く欄干にすがりついて歯を嚙むのだけれども／ああ　もうどうしようもないのです……」などと表現したのではなかろうか。彼はこれらの詩篇《へん》を「心にいささか激するところがあって、語調の烈《はげ》しきを欲した」時期のものと語り「詩篇の内容とスタイルとは」分離できないと説明している。この朔太郎の心境の変化に当時から注目した者も少なくなかった。詩人中野重治《しげはる》はこの詩篇のもつ「憤怒《ふんぬ》」に共鳴したし、芥川龍之介《あくたがわりゅうのすけ》に至っては、この詩篇が最初に雑誌発表されるとわざわざ朔太郎の家まで押《お》しかけて感動した旨《むね》を告白したという逸話《いつわ》も残っている。

詩集「氷島」について

詩集『氷島』は一九三四（昭和九）年に発表された。「単に『心のまま』に、自然の感動に任せて書いた」と序文で語られている通り、「郷土望景詩」同様の漢語調で、怒《いか》りの感情を叩《たた》きつけた作風である。序詩の「漂泊《へうはく》者の歌」で自らを〈永遠にさまよう漂泊者〉だと歌ったあと、後の詩群で詩人の心象風景が展開される。恋人《こいびと》の優《やさ》しい瞳《ひとみ》の中に自分の入り込《こ》めない別の世界を発見して緩《ゆる》やかな失望を感ずる「遊園地《るなぱあく》にて」、自分の前には〈無〉という存在しかないとうたう「乃木坂倶楽部《のぎさかくらぶ》」、時の流れにかかわらず自己は変わらずに存在し続けるという「新年」……重たいテーマの作品が続くが、詩人のまなざしはひたすら自分自身に向けられる。〈自らの存在そのものを否定するところから本当の前進が生まれる〉という詩人の思想が背後に息づく力作であるといえる。

詩集「宿命」について

朔太郎最晩年の詩集である。生涯《しょうがい》を通じて発表した抒情《じょじょう》詩と思想詩のいわばベストアルバムといった体裁《ていさい》を取る。ここでいう抒情詩とはこれまで見てきた詩集の作品である。朔太郎はこれに並行して、論理的・哲学的作品も多く発表しており、これらは思想詩とよばれている。この章ではその思想詩群を順に選択《せんたく》して収録した。もともとの収録が年代順の配列となっているので、朔太郎の意識の推移を追うことができるだろう。短い表現で人生・社会等への見解を表したアフォリズムと、物語のように長い散文詩と。抒情詩にはない朔太郎のもう一つの顔を知ることができれば幸いである。

参考作品

これまでの作品の流れから外れるが、朔太郎らしさを知る上で外せない作品を三つほど紹介《しょうかい》する。未発表ノートに残されていた「金属種子」はとても明治期の習作とは思えないほどの現代的なテーマを持っている。足音の擬音《ぎおん》が秀逸《しゅういつ》な「軍隊」は『青猫《あおねこ》』に本文とは離れた形で収録された。その重々しい語調や、うたわれている内容からも『青猫』収録の他の詩篇《へん》とは趣《おもむき》を異にする。「南京陥落《ナンキンかんらく》の日に」は日本の中国大陸での戦勝を祝うべく新聞社より依頼《いらい》された詩。朔太郎はどうしても断り切れず「こんな無良心の仕事」は生まれて初めてだと終生悔《く》やむこととなる。「宜《よろ》しく万歳《ばんざい》を叫《さけ》ぶべし（勝ったというのだから万歳するのがよろしいでしょう）」というフレーズから言外にこめられた朔太郎の抵抗《ていこう》精神と、社会全体が戦争に熱狂《ねっきょう》する中で醒《さ》めていた彼《かれ》の視線を読み取ることができるだろう。

略《りゃく》年譜《ねんぷ》に寄せて

萩原朔太郎の生まれた時代は日本が近代社会へと大きく変化しつつある時期であった。当時の先《せん》鋭《えい》的な若い世代は、江戸《えど》時代の人々と違って、自分のための人生を生きることを真剣《しんけん》に考えるようになる。ヨーロッパ個人主義の影響《えいきょう》なのであるが、朔太郎も例外ではなかった。

彼《かれ》は開業医の長男だったため家業を継《つ》ぐことを期待されていた。しかし中途《ちゅうと》から学業を放棄《ほうき》し、留年と退学をくり返す。そして実家が裕福《ゆうふく》で〈食うに困らない〉ことがかえって災《わざわ》いして、確たる目標もないまま故郷の実家に寄食して暮らしはじめることになる。創作面では詩作の他《ほか》に音楽活動（マンドリンはセミプロ級であった）など精力的に動き回るのだが、社会的には全く無職で年月を過ごす。ニーチェ・ショーペンハウアー・ドスエフスキーの著作を乱読するのもこの頃である。高いプライドと裏腹に社会的実績の上がらない引け目、女性とうまく交流できない煩悶《はんもん》。これらの感情は、『月に吠《ほ》える』の〈痛み〉、『青猫《あおねこ》』の〈憂愁《いうしう》〉、「郷土望景詩」の〈怒《いか》り〉などの作品モチーフの背後にみえかくれしている。

その後朔太郎は見合い結婚《けっこん》をし二児をもうけ、憧《あこが》れの東京で生活を始めた。しかし、十年ほどで家庭は崩壊《ほうかい》、同じ頃に父親も死亡する。経済的に困窮《こんきゅう》はしなかったものの、将来への苦悩《くのう》と過去への悔恨《かいこん》はいよいよ深まることとなった。この意識は漢文口調で絶叫《ぜっきょう》する『氷島』詩篇と無関係ではない。彼は終生この煩悶から自由になることはなかったが、最晩年には〈全てを喪失《そうしつ》したとしてもそれが自分という存在なのだ〉という実感（「虚無《きょむ》の歌」）に到達《とうたつ》するに至る。

朔太郎のたどった生涯《しょうがい》は二〇世紀当時の青年像としては過激なものかもしれない。しかし自我を満足させることに邁進《まいしん》した結果、多くの苦悩を背負い込《こ》むことになるという事態は、個人主義の浸《しん》透《とう》した現代に生きる私たちには普通《ふつう》に起こりうる問題ともいえる。崩壊する家庭が増え、個人の欲望が暴走することで起きる事件が新聞をにぎわしている昨今、個人と社会の問題をいやがおうでも考えなければいけないところまで私たちは追いこまれているのかもしれないからである。朔太郎のように最終的には全てを含《ふく》めた上で自分の人生を見据《す》える視点に立つことができるのだろうか。これは若い世代である私たちがそれぞれ答えを出す必要のある課題なのかもしれない。

エッセイ

朔太郎は、私の言えないことを言ってくれた

香山《か》山《やま》リカ
（精神科医、神戸芸術工科大学助教授）

私が萩原朔太郎の詩に出会ったのは、たしか中学生の時のことだったと思う。

正確には覚えていないのだが、たしか家にあったグラフ雑誌（いまで言えば『日本の百名山』のようなもの）が日本の詩の特集をしていて、風景写真と組み合わせられた朔太郎の詩をいくつか目にしたのがきっかけだったはずだ。

当時、私は北海道の小樽《おたる》でのんきな中学生活を送っていたのだが、友だちとおしゃべりしたり家から歩いて行ける海岸に出かけたりしても、なんだかいつもダルかった。具体的にイヤなことや悩《なや》みがあるわけではないのだが、なぜか気分がパーッと晴れず、いつもため息ばかり。同級生にはそういう気分を過激なファッションや夜遊びで解消する人もいたが、私にはその元気もなかった。

たまに本州に住む知人に会うと、「自然がいっぱいの小樽に住んでいるなんて、うらやましい！」などと言われたが、海を見ても山を見てもいっこうに感動することがない私にとっては、小樽にいることはうれしくもなんともなかった。

そういうような気分の中で、私は朔太郎に出会ったわけだ。

私は、驚《おどろ》いた。私が感じているダルさ、もどかしさがそのままことばになっているではないか！

この人は、私の気持ちをわかっている！…… 私は早速、図書館に行って朔太郎の詩集を何冊か借りてきた。

たとえば、『悲しい月夜』という詩の舞台《ぶたい》は波止場《はとば》、つまり港だ。私の住む小樽も、港町。港と言えば、だれもが明るい空や海、真っ白のかもめ、外国から来た大きな船、などを連想するだろう。しかし、朔太郎の波止場はそれとはだいぶ違《ちが》う。最初から、いきなりこんなフレーズが出てくるのだ。

ぬすつと犬めが、
くさつた波止場の月に吠えてゐる。

ぬすっと犬！…… くさった波止場！ 月が出ているのだから、すでにあたりは夜なのだろう。さらにこのフレーズのあとには、「くらい石垣」で「陰気《いんき》くさい声」をして合唱をする「黄色い娘《むすめ》たち」などという、謎《なぞ》の集団も出てくる。それにしても、だれもがイメージする「明るい港」とはなんて違う世界なんだろう。そして、私がダルい気分の中でぼんやり抱《いだ》いていた港と「朔太郎の波止場」のイメージとは、なんて近いんだろう。

港は決して太陽の光がふりそそぐ、明るい場所ではない。たしかに昼間はそうかもしれないが、夜になれば景色は一変し、ほそぼそとした月の光の下にさびついた金属や、半分ちぎれた魚が浮《う》かび上がり、餌《えさ》になるものを探して野良犬や野良猫《ねこ》があたりをうろつく。岸壁《がんぺき》につながれた船がギーコギーコと音をたてるが、中には人影《かげ》も灯《あか》りも見えない。私にとっては、「明るい港」よりそんな「朔太郎の波止場」のほうがずっと身近に感じられたのだ。そうそう！　港はこんな暗い顔も持っているんだ！　と、それまで「港のそばに住んでいるの？　まあ、ロマンチックねぇ」などと言っていた人たちに、教えてやりたい気分になった。

ほかにも、だれもが「明るい」と思い込《こ》んでいる場所やものごとの中にひそむ、暗さや悲しさをズバリ言い当てた詩が、朔太郎にはたくさんある。『さびしい人格』の中で朔太郎は、こうまで言う。

自然はどこでも私を苦しくする、
そして人情は私を陰鬱《いんうつ》にする、

自然はすばらしい、人情はあたたかい、と信じて疑っていない人にとっては、「なんてことを言うんだ！」と腹が立つようなことばかもしれない。しかし、一度でも私のように「自然がいっぱいの小樽に住んでいるんだけど…、なんかダルいんだよなぁ」と思ったことのある人は、「そうそう、そうなんだよね。実は私もそう思ってたんだけど、これまで言い出せなかったんだよ！」と思わずニヤニヤしてしまうのではないだろうか（私がそうだった）。

もっと大人になってからは、朔太郎は別に「あなたの言えないこと、かわりに言います！」というつもりで詩を書いたのではない、ということがわかった。ＮＨＫのテレビ番組『名作をポケットに』で朔太郎が紹介されたことがあったが、そのホームページにはこんなことが書かれている。「人間の心の奥底に潜《ひそ》む孤独《こどく》や不安、焦燥《しょうそう》。それらを表現した詩の数々は朔太郎自身が『何のために生きているのか』という人生問題に悩《なや》んだ末、たどり着いた境地でもあった。」このように朔太郎は若い頃《ころ》からずっと人間や自分について深刻に考え続け、その考えをつきつめて詩という短い文学の世界に表現したのだ。とはいえ、中学生の私にはそんなことがわかるわけはない。ちょっとむずかしそうな詩は飛ばして読み、もっぱら「自分には言えない自分の気持ち」が書かれているような作品ばかりを読んでいた。

中学を卒業して高校まで続いていた私の原因不明のダルさは、大学に入ってから消え去った。音楽やバイトにすっかりハマり、夜の「ぬすっと犬」や「くさった波止場」をぼんやり想像する時間もなくなったのだ。それから医者になりさらに忙《いそが》しくなって、長いあいだ私は朔太郎の詩から完全に離《はな》れてすごすようになった。

しかし、最近になって私はふとこう思うのだ。朔太郎から離れて元気いっぱい過ごしていた大学時代より、「ああ、ダルい」と朔太郎の世界に浸《ひた》っていた中学時代のほうが、やっぱり私らしかったのではないか、と。もう少しがんばって医者や大学教員の仕事を続け、そのあともう一度、じっくり朔太郎を読み返してみよう。ダルい私と忙しい私。どちらが本当に自分らしいのか、きっとそのとき、わかるだろう。今はそう考えている。

付記

一、本書本文の底本には、『萩原朔太郎全集』第一・二・三・一二・一五巻（一九七五〜一九七八、筑摩書房刊）を用い、収録作品の選定および配列には、堤玄太があたりました。
二、本書本文の表記は、このシリーズ韻文作品の表記の方針に従って、次のようにしました。
㈠ 仮名遣いは、底本のままとする。（歴史的仮名遣い）
㈡ 使用漢字は底本のままとする。ただし、常用漢字および人名漢字については、いわゆる新字体を用いる。（他は、康熙字典体を原則とする。）
㈢ 送り仮名は底本のままとする。
㈣ 読者の便宜のため、次のような原則で、読み仮名をつける。
① 小学校で学習する漢字の音訓以外の漢字の読み方には、すべて読み仮名をつける。
② 右にかかわらず誤読のおそれのあるもの、読み方の難しい語には読み仮名をつける。
③ 底本についている読み仮名は、そのままつける。
④ 読み仮名は、作品ごとに初出の箇所につける。

《監　修》
浅井　清　（お茶の水女子大学名誉教授）
黒井千次　（作家・日本文芸家協会理事長）

《資料提供》
日本近代文学館

萩原朔太郎詩集《はぎわらさくたろうししゅう》　読んでおきたい日本の名作

2003年8月8日　初版第1刷発行

著　者　萩原《はぎわら》　朔太郎《さくたろう》
発行者　小林　一光
発行所　教育出版株式会社
〒101-0051　東京都千代田区神田神保町2-10
電話　(03)3238-6965　FAX　(03)3238-6999
URL　http://www.kyoiku-shuppan.co.jp/

ISBN 4-316-80030-2　C0392
Printed in Japan　印刷：三美印刷　製本：上島製本

読んでおきたい日本の名作

●第二回配本

『萩原朔太郎詩集』
萩原朔太郎
注・解説 堤 玄太
エッセイ 香山リカ

『山月記・李陵ほか』
中島 敦
注・解説 佐々木充
エッセイ 増田みず子

『照葉狂言・夜行巡査ほか』
泉 鏡花Ⅰ
注・解説 秋山 稔
エッセイ 角田光代

●次回 第三回配本

『夢酔独言』
勝 小吉
注・解説 速水博司
エッセイ 尾崎秀樹

『たけくらべ・にごりえほか』
樋口一葉Ⅰ
注・解説 菅 聡子
エッセイ 藤沢 周

『どんぐりと山猫・雪渡りほか』
宮沢賢治Ⅱ
注・解説 宮澤健太郎
エッセイ おーなり由子

●好評既刊

『宮沢賢治詩集』
宮沢賢治Ⅰ
注・解説 大塚常樹
エッセイ 岸本葉子

『最後の一句・山椒大夫ほか』
森 鷗外Ⅰ
注・解説 大塚美保
エッセイ 中沢けい

『現代日本の開化ほか』
夏目漱石Ⅰ
注・解説 石井和夫
エッセイ 清水良典

『羅生門・鼻・芋粥ほか』
芥川龍之介Ⅰ
注・解説 浅野 洋
エッセイ 北村 薫

『デンマルク国の話ほか』
内村鑑三
注・解説 今高義也
エッセイ 富岡幸一郎